ALBERTO CIÁURRIZ

El gran salto

punto de lectura

Título: El gran salto
© 1999, Alberto Ciáurriz
© Odisea Editorial
© De esta edición: mayo 2002, Suma de Letras, S.L.
Barquillo, 21. 28004 Madrid (España)   www.puntodelectura.com

ISBN: 84-663-0688-9
Depósito legal: M-11.163-2002
Impreso en España – Printed in Spain

Diseño de colección: Ignacio Ballesteros

Impreso por Mateu Cromo, S.A.

ALBERTO CIÁURRIZ

El gran salto

Índice

Uno 9
Dos 27
Tres 79
Cuatro 103
Cinco..................................... 111
Seis 133
Siete 147
Ocho 151

Uno

— ¿Arturo? ¿eres tú? Soy Rosa, tu prima. Te llamo desde Madrid. Ya no debes de conocer mi voz, siquiera.

Me recobré rápidamente de la sorpresa. Puse a trabajar la memoria a marchas forzadas, mientras carraspeaba ligeramente para ganar tiempo.

— ¿Rosa? Sí, claro, claro que te reconozco la voz. Es inconfundible. Aunque, después de tantos años... ¡Qué sorpresa! ¿Qué vida llevas? No nos hemos visto desde que te casaste, que debió ser... un poco antes de la voladura de Carrero, ¿no?

Escuché una breve risita al otro lado del hilo.

— Hijo, qué comparaciones haces. Qué tendrá que ver la velocidad con el tocino.

—Tienes razón, qué bruto soy. Pero es que no sé ni qué decirte, han pasado tantos años sin hablar contigo... —traté de explicarme.

—Tienes que estar sorprendido de que te llame, ¡ya lo creo! Pero no te preocupes, que no es por nada malo. Todos en mi familia estamos bien. Y estoy al tanto de la tuya; acabo de hablar con tu madre, que me ha dado tu número. Bueno, por lo menos sabrás que tengo dos niños, ¿no? El mayor ya tiene ocho años, y el pequeño seis.

—Sí, sí, desde luego; mis padres me tienen informado. Pero es que los miembros jóvenes de la familia estamos tan alejados unos de otros... Es una pena que no nos veamos más. Pero así es la vida, claro.

Qué frases tan ridículas, pensé. Rosa iba a pensar que su primo seguía siendo el mismo idiota de antes. Porque siempre me había considerado un poco idiota, estaba seguro... Pero, ¿por qué me había puesto tan nervioso de repente? Y, ¿a qué vendría esta llamada intempestiva de mi prima?

No era tan grave hablar con ella. Lo estaba comprobando. Ya no había herida que cerrar. En realidad, la que hubo en un tiempo había sido muy superficial, y sólo me dolía porque

en aquel entonces me empeñaba en rascárme-
la una y otra vez. Mi pasión por Rosa, mi prima apenas dos años mayor que yo, había tenido mucho de artificio, de obsesión juvenil.
Con ella había querido yo taparme los ojos,
dejar de ver una realidad que, tarde o temprano, había de imponerse. Yo le gustaba algo, le
apetecía, simplemente, y cuando mi prima me
dio pruebas de ello no me fue difícil conven-
cerme a mí mismo de que a mi vez estaba per-
didamente enamorado.

Me hallaba entonces camino de los veinte
y me comía el coco en la facultad entre intri-
gas políticas —últimos, sagrados años sesenta— y el despiste generalizado que impone esa
edad. Tenía demasiado abandonado el sexo en
la práctica —las mujeres me daban miedo, para qué vamos a negarlo a estas alturas—, y mis
historias amorosas fueron en aquella época es-
casas, literarias, desmedidas y estériles. En mi
caso, además, la adolescencia fue muy larga;
ese período en el que uno se revuelve incómo-
do en un mundo que parece hecho para cualquiera menos para él, en que todos los sentimientos duelen, todas las cosas pinchan,
cualquier contacto en la piel del alma —un
adolescente es tan sólo una frágil epidermis al-

rededor de un alma— produce una huella duradera y dolorosa por lo general... Hasta bien entrada la década de los veinte años no conseguí ir saliendo de ese período experimental en que todo apasiona y todo aburre, todo es maravilla y todo es basura; y en que uno puede tener esos sentimientos contradictorios, plenitud y fracaso, felicidad e infierno, en cortísimos intervalos de tiempo...

Mi prima Rosa era una experta cazadora de espinillas. Toda la familia sabía de sus artes; su vista infalible, sus largas uñas, su alegría sincera al mostrar entre ellas un trofeo recién cobrado... Todavía puedo recordar nítidamente el frescor del agua oxigenada con la que sus manos minuciosas de estudiante de enfermería mitigaban los sufrimientos de la piel de mis hombros y espalda, tras cualquiera de las prospecciones mineras que me prodigaba. Y sobre todo tengo fresca en la memoria aquella tarde de verano —solos los dos en el húmedo piso de San Sebastián que su familia y la mía compartíamos durante dos meses al año— en que después de propinarme una de sus sesiones de sádica extracción de gotitas de grasa de la espalda me rodeó el pecho con sus brazos desde atrás, apoyando bien las palmas calientes de sus manos, mientras exclamaba:

— ¡Qué fuerte te estás haciendo con la natación! ¡tienes una espalda anchísima, y un pecho...!

Los suyos se aplastaban contra mis omoplatos, como queriendo apagar con su suavidad los ardores que había dejado en mi piel su sistemática búsqueda de puntitos negros.

Yo estaba sentado en difícil equilibrio en un taburete alto, tanto como para que las espinillas de mis hombros quedaran al alcance de sus hábiles manos permaneciendo ella de pie tras de mí. No supe qué hacer. ¿Debía volverme y abrazarme a ella, a mi vez? Pero, encaramado al taburete, como una gallina a su palo... La operación era difícil. Hasta, en una falsa maniobra, podía dar con mis huesos en el suelo.

— ¿Te gusta, entonces? —pregunté, estúpidamente.

— Que si me gusta, ¿qué? ¿tu espalda? Digo que la tienes muy ancha. Nada más —contestó, en tono frío, soltando el abrazo—. Se nota que nadas mucho.

Me había liberado de sus brazos, y era el momento de tomarla yo en los míos... Me había excitado, pero sus últimas palabras, tan neutras de pronto, me acobardaron. No pasó nada.

Aquel acto, de apariencia insignificante, fue para mí el comienzo de una obsesión. Una época de disimulada persecución por mi parte, a la que Rosa se acopló sabiamente, enfriándose cuando me acercaba demasiado y tirando del sedal cuando la desesperación me llevaba a alejarme de ella.

Fuera de los veranos, aunque vivíamos en la misma ciudad, nos veíamos poco, y siempre en situaciones protocolarias, celebraciones periódicas o algún funeral, rodeados de familiares curiosos y castradores. Las circunstancias, o quizá la voluntad de Rosa, no permitían más acercamientos. Sin embargo, mi prima llenó buena parte de mi imaginario erótico entre los diecisiete y los veinte años.

El último verano que pasamos juntos mis avances consiguieron algún resultado; no podía darme cuenta, entonces, de que Rosa estaba más abierta a los contactos, a las caricias, a la ternura, simplemente porque estaba más acostumbrada; tenía un hombre que la había habituado, una abeja que había libado ya el néctar de su flor, como diría un poeta cursi (y

yo entonces era un poeta cursi). Pero yo no lo
sabía. Aquel verano estuve a punto de conse-
guirla. O eso creí. Y al comenzar el otoño, en
plena pasión, recibí la noticia: mi prima Rosa
se casaba. ¡Y yo en la inopia! Me derrumbé;
fui a la boda a emborracharme, pero ni siquiera lo conseguí plenamente; me puse enfermo,
todo el mundo dijo que era un corte de diges-
tión, sentí que estaba haciendo el ridículo y
me escapé rápidamente en un taxi que me lla-
maron para irme a llorar y vomitar a casa de
mis padres.

No la había vuelto a ver desde entonces.
Ni ella había mostrado el menor interés por
mí, ni yo había hecho nada para reanudar una
relación ya sin perspectivas. Y ahora, pasados
diez años, estrenando los dos la cuarta década
de nuestras vidas, me llamaba por teléfono a la
lejana ciudad a donde recientemente me había
trasladado a vivir.

— ¿Sabes? Hace dos años estuve con Gerardo, mi marido, en Alpedrejo, viendo lo que
quedaba del caserón de la tía. Lo llamábamos
la Mansión, ¿te acuerdas?

Sentí un tirón desagradable en mis adentros. Volvieron a mi memoria antiguas imáge-
nes, con una pátina de tres lustros.

— Tú solías ir allí, cuando vivía la tía, todos los veranos, ¿verdad? ¿has vuelto, después?

— No, no he vuelto. Casi... Me da miedo pensar en aquello, tantos recuerdos... Fue una época de mi vida muy extraña, triste. Y, bueno, también tuvo cosas alegres, pero...

— Bien, —me cortó, evidenciando un escaso interés por mis recuerdos íntimos— ya sabrás que la tía se lo dejó todo en el testamento a una congregación de monjas. El caserón y las tierras, que eran muchas. Fue un palo para la familia. Y una desatención muy grande. Al fin y al cabo, tu madre y la mía venían de allí, hasta creo que llegaron a tener un título nobiliario. Y con la guerra civil, y lo que pasaron después, descuidaron todo al venirse a Madrid. Fue una lástima, ¿no crees?

— Supongo que la Mansión estará convertida en un convento —aventuré, algo molesto por el rumbo que tomaba la conversación.

— Pues no, para nada. Estuvo varios años abandonada. ¡Si ya no hay casi monjas...! Las pobres hermanas no sabían qué hacer con ella, y finalmente la pusieron en venta, con tierras y todo. Fue una oportunidad. ¿Recuerdas que había un pantano por allí cerca?

— Sí, claro. No sabes qué baños me daba allí, en aquella orilla reseca...

— ¿Orilla reseca? Pues ahora hay una urbanización enorme, de chalecitos. Preciosa. Había unas tierras de la tía, que las monjas vendieron a un constructor por cuatro perras, y se ha hecho millonario. Fíjate, un dinero que debía haber sido de la familia.

"No será porque a la tuya le haga falta", pensé con un poco de resquemor. "Que tú no hiciste mala boda con ese Gerardo."

Mi prima se había casado con un arquitecto joven, hijo de un famoso urbanista, que trabajaba en el estudio de su padre. Por lo que me habían contado mis familiares sabía que el dinero llovía sobre aquella casa. A diferencia de mi familia, en la que ninguno de los hermanos sustituimos a mi padre en la notaría cuando el derrame cerebral le dejó inútil para el trabajo, y cada uno por nuestra cuenta nos dedicamos a las actividades peor remuneradas que pudimos encontrar, la familia de mi prima se había encaramado por todas partes al éxito económico. Quizá eso influyó en el enfriamiento de nuestras relaciones: ellos, ahora poderosos, nos miraban por encima del hombro; nosotros, con ínfulas artísticas e intelectuales,

les considerábamos nuevos ricos ignorantes, y en el fondo envidiábamos su ostentación de riqueza. Sólo las dos madres, hermanas bien avenidas, seguían viéndose de vez en cuando. El mismo año de la boda de mi prima llegaron al acuerdo de vender el viejo y húmedo piso del ensanche donostiarra que habían heredado en común, y con él desaparecieron las intensas relaciones que manteníamos los primos en tiempo de vacaciones. Cada cual, con la mayor edad, tomó su rumbo, y dejamos prácticamente de vernos.

— ¿Sabes? Nos enteramos de que estaban en venta la mayor parte de las tierras y la Mansión. Las monjas querían deshacerse a toda prisa del legado de la tía. Y convencí a Gerardo. Eran unos cuantos millones, y la casa estaba casi en ruinas, pero... Pensé que había que hacer un sacrificio para recuperar lo que la familia no debía haber perdido nunca y, por otra parte, restaurar la Mansión era todo un reto para mi marido... Aunque es arquitecto siempre se ha dedicado a cosas distintas de la restauración, urbanismo y así, y ahora tenía una oportunidad de oro. No quisimos decírselo a nadie; mantuvimos la compra de la casa en secreto. Pero ya hemos acabado la obra, por fin.

Ha quedado espléndida, de verdad. Y vamos a hacer una inauguración solemne, queremos que esté presente toda la familia; los tíos, los primos... Tu madre ya ha dicho que sí, que vendrá. Y me ha dado tu teléfono. Venga, anímate. Sólo tienes trescientos kilómetros desde ahí. Tres horas de carretera. Es el sábado que viene. Éste no, el siguiente. No me digas que no; no te aceptaré ninguna excusa.

Toda la familia reunida. Qué horror. La última vez fue en su boda. ¿Repetiría yo el numerito?

— Es que... No sé, estoy muy ocupado. Tendré que mirar la agenda.

— ¡Nada de agenda! Si ya tienes algo, lo tachas. Esto es muy importante, y ya le he dicho a tu madre que no te perdonaré si no vienes. Además, de toda la familia eres el que más ha vivido entre aquellas cuatro paredes. Pasabas allá todo el mes de julio y luego aparecías a primeros de agosto por San Sebastián, con un moreno de campo, de color tierra... Venías hecho un aldeanito —se rió, al recordar.

No me gustó su última observación. Me traía a la memoria la influencia que ejerció sobre mí durante tanto tiempo. ¡Claro que se reía de mí, llamándome "aldeanito"...! ¡Qué mal me sentaban a mí aquellas burlas...! ¡Y pensar que la mitad de mis vacaciones en la playa quedaban sacrificadas para mantener la relación familiar con aquella anciana excéntrica, desprovista por completo de sentimientos, que no fue capaz de dejarme ni un libro de su biblioteca cuando murió...!

— ¡Oye, que esto es conferencia! —recordé de pronto—. Te estará costando un pastón.

Lo cierto es que tenía ganas de cortar la conversación. Me estaba resultando molesta. Y sentía una tremenda opresión en la boca del estómago, al venírseme encima todos aquellos recuerdos.

— No seas rácano. Hay cosas para las que el dinero no tiene importancia. Gerardo estuvo en Nueva York el mes pasado, y nos pasábamos horas colgados del teléfono, todas las noches. No voy a estar contando los minutos ahora. Al fin y al cabo, el dinero es para emplearlo en lo que nos gusta, ¿no?

"Cuando se tiene", pensé con tristeza.

— Bueno, cuento contigo. Te espero, este sábado no, el siguiente, a la hora de la comida. Tu familia no viene hasta la noche, pero quiero que tú te adelantes porque sé que conoces secretos de la Mansión y quiero que me los enseñes antes que a nadie. Me gustaría hablar un poco contigo, sin tener a todos los demás alrededor, estorbando. Anímate, no seas tonto. No sabes lo que te sigo queriendo, idiota.

Lo había conseguido. Casi temblando por sus últimas palabras, respondí, confuso:

— Bueno. El sábado siguiente. Para el mediodía. De acuerdo. Allí estaré. Si es que el coche me responde...

Cascado Simca 900 amarillo, lata volante, ataúd premonitorio. ¡Cómo disfruté y cómo sufrí contigo...! A partir de noventa por hora tu dirección se volvía ingobernable, tus frenos eran tan eficaces como los de un cohete. Pero lloré cuando se te llevó la grúa al cementerio... Y yo me quedé con un compañero presa de la fiebre y cinco bolsas de equipaje en una cuneta, cerca de Zagreb.

Pero me adelanto. Todavía te quedan, cochecillo, unos meses de vida. Estamos en la primavera de 1980, año más, año menos, y yo hablo por teléfono con mi prima, mientras hago cálculos: trescientos kilómetros por carreteras secundarias, un puerto de montaña... Cinco horas largas, si no hay calentón. Si las ruedas no pinchan. Si algo no se descompone. Cinco horas largas. Habrá que salir a las ocho de la mañana, y con mucha tranquilidad...

— Nos vemos el sábado a mediodía pues, Rosa. Y un abrazo. Yo también te quiero mucho, no sabes cuánto.

Una vez colgado el teléfono, suspiré profundamente. Tenía ganas de gritar. Había caído en la trampa.

Desesperación... Y curiosidad. Alpedrejo. ¿Qué aspecto tendría mi prima? y, ¿qué habría sido de...?

No me atrevía ni a repetir su nombre en el pensamiento. Durante más de quince años lo había ocultado cuidadosamente a todos, y en primer lugar a mí mismo. Y ahora, de pronto, volvía.

Nunca sabremos cuál es la verdadera capacidad de nuestra memoria. En ocasiones, un acontecimiento insignificante —la "magdalena" de Proust— es capaz de romper el candado que sellaba un enorme montón de legajos lacrados en nuestro particular archivo, este que llevamos comprimido en la cabeza, y se desparraman a nuestra vista miles de recuerdos nítidos pertenecientes a un sólo momento, a un solo episodio de nuestra vida que creíamos olvidado definitivamente. Ahí reaparece, reproducido segundo a segundo, con todo detalle. El misterio de la memoria. Su sola presencia nos hace intuir que algo hay de eterno en la existencia; algo, o todo. Que lo que ha sido, sigue siendo; en algún sitio, en algún lugar. De algún modo. Que nada se pierde. Que lo que ha existido alguna vez, existe y siempre existirá; que lo que consideramos itinerario de nuestra vida es un caprichoso rosario de estaciones en las que nos detenemos, una detrás de otra, a lo largo del tiempo. Cuando nos alejamos de una estación camino de la siguiente, creemos que ha dejado de existir. Pero allá queda. Esperándonos de nuevo. O no. Pero allá está. En su sitio. Eterna.

El tiempo se mueve, pero no mueve las cosas. Siguen inmutables. Lo prueba nuestra memoria, que quizá es infinita y lo contiene todo, todos los instantes y todos los lugares.

La "magdalena" de Proust. Ay. Un candado se había roto en mi memoria, una trampilla se había abierto violentamente y los recuerdos, liberados, surgían con violencia y se expandían por mi alma, amenazando asfixiarme.

Dos

Nunca me había gustado pasar la mitad de mis vacaciones de verano en Alpedrejo. Pero me obligaron a hacerlo durante buena parte de mi niñez, año tras año. La familia de mi madre procedía de aquella comarca, y nos quedaba allí una tía abuela lejana, solterona e insondablemente vieja, que capitaneaba la "Mansión". Así llamábamos, no sé si en serio o en broma, a una antigua casa solariega con la fachada de piedra presidida por un enorme escudo de relieves desgastados por el tiempo cuyo significado nadie se molestó en explicarme, que se erguía frente a la iglesia y que, con ella, era la única construcción de todo el pueblecito que aspiraba a separarse algo de la tierra.

Además de los ratones, la carcoma, algún fantasma indeterminado que sólo yo presentía a veces y mi vieja tía, habitaban en la casa dos criadas tan añosas y estrafalarias como ella, que llevaban a cabo las labores domésticas con lenta eficacia. Se llamaban Inés y Leocadia, pero debido a algún extraño mecanismo de protesta que se instaló en mi cerebro de niño nunca fui capaz de distinguir una de otra y adjudicarles sus correspondientes nombres. Para mí, Inés y Leocadia eran dos nombres algo siniestros que evitaba en lo posible pronunciar, aplicables indistintamente a un solo ser huidizo, vestido de negro, parco en palabras y situado a mitad de camino ya entre los vivos y los muertos, que aparecía y desaparecía de vez en cuando para llamarme a comer, para servir la sopa, para limpiar el polvo de un mueble a requerimiento de mi tía. En mi egoísmo infantil, creo que no llegué a preocuparme jamás por los sentimientos que pudiera albergar aquel misterioso ser doble, por su trayectoria vital, por las frustraciones inconmensurables que anidaban sin duda en el interior de aquellas dos personas reducidas a poco más que una sola sombra fantasmal que obedecía sin rechistar los dictados de mi tía.

No me resultaba muy divertida la perspectiva de pasar un mes entero del verano aislado en un pueblo pequeño que ni siquiera para un niño ofrecía alicientes. Muchos años después supe que mi tía se empeñaba, año tras año, en que uno de sus sobrinos le hiciera compañía durante los meses de buen tiempo; mis hermanos mayores ya tenían edad suficiente para esquivar la voluntad de mis padres y yo, todavía de pocos años y demasiado tímido y obediente, me convertía en víctima propiciatoria. Porque había que sacrificar a alguien: había una herencia por medio, herencia que, de todos modos, mi familia perdió cuando mi tía abuela, a su debido tiempo, entregó su alma a Dios y sus tierras y obligaciones a dos sobrinas, monjas en un convento lejano. Mi sacrificio, el sacrificio de un inocente, no obtuvo ningún fruto. Y tantos meses de mi vida, uno cada verano, sustraídos a la presencia del verde mar Cantábrico, a la convivencia alegre con mis hermanos y mis primos; tantos días enterrados en aquel pueblo horrible entre colinas polvorientas, no nos sirvieron para nada. Ni al interés económico de mis padres, ni mucho menos al mío.

Tenía catorce años y comenzaba ya, a primeros de Julio, a cumplir mi mes de penitencia. En mi maleta de recién llegado se apiñaban todavía los libros con los que pensaba distraer mi prisión. La única actividad que hubiera realizado con gusto en el caluroso verano, nadar, me estaba casi vedada: en el pueblo no había río, ni mucho menos piscina. El único recurso era la cola de un gran embalse que quedaba, agua terrosa hundida en el estiaje entre riberas polvorientas y resquebrajadas, a varios kilómetros de distancia.

Los siete u ocho muchachos de mi edad que había en el lugar me hacían un vacío respetuoso. Yo era un señorito de tez pálida recién llegado de Madrid, y mi timidez me impedía saltar por encima de nuestras diferencias y tomar contacto con ellos. Para mí eran marcianos, muchachos sucios tan indistinguibles de la tierra polvorienta como las casas del pueblo, como sus calles sin pavimentar cubiertas de excrementos. No podía comprender con qué llenarían sus cabezas aquellos seres que jamás habían leído un libro, que raramente habían contemplado una mala película (no había aún televisión), que no imaginaban siquiera lo que era el mar, que no podrían recordar jamás

32

haber estrenado un francés balbuciente solici-
tando un refresco en una terraza de Biarritz.
Eran seres a los que yo estaba condenado a
contemplar de lejos, durante un mes, sin que
ellos pudieran acceder a mí ni yo a ellos; un
mes, un mes entero antes de poder huir hacia
el fresco mar Cantábrico, hacia las arenas do-
radas de Ondarreta.

Mi tía no pedía mucho de su sobrino nie-
to; su escasa vitalidad tampoco le hubiera
permitido vigilarme en permanencia. Sólo
exigía mi compañía durante las comidas, que
se desarrollaban con gran ceremonia de plata
y porcelana vieja. Mi madre conocía bien sus
manías: todos los años, antes de embarcarme
para la prisión, me impartía un cursillo de
buenos modales en la mesa, que yo ponía en
práctica con cuidado exquisito. Fuera de esos
momentos ceremoniales a la anciana no le
importaba qué pudiera hacer yo. Y así, abandonado a mí mismo, solía leer en la cama por
las noches hasta el amanecer, y pasaba durmiendo las mañanas enteras. Leía también en
mis pobres escapadas por la huerta de los
manzanos, en la trasera de la casa. Y leía en el
desván, feudo indiscutido de los ratones,
adonde sólo podía subir los escasos días en

que las nubes impedían que el sol lo recalentara como un horno.

Por entonces yo leía muy rápido, lo que fuera, asimilaba una enorme cantidad de datos librescos en mi mente todavía fresca, y poseía tanta capacidad para palpar la falsa vida de los libros como dificultad para acercarme a la vida real, que sentía de alguna manera bullir a mi alrededor, pero que no podía alcanzar: la realidad se me escapaba como un ectoplasma, y entretanto sólo los fantasmas literarios se dejaban asir por mi mano. Me sentía cómodo entre ellos, quizá yo mismo era otro fantasma. El mundo real estaba muy lejano de mí, peligrosamente lejano. Y yo lo sabía. Era consciente de ello y me preocupaba.

La misma noche de mi llegada tomé una determinación: cambiar de vida. Tenía ya catorce años —pensé— y no podía dejarme arrastrar pasivamente por la existencia. Me había traído como consejero un pequeño libro que insistía en la autoeducación de la voluntad. Hacía ya varios meses que lo leía y releía por las noches, me aprendía párrafos enteros de memoria, procuraba practicarlo. Encontré muy sencillo conservar entre los dedos una cerilla hasta que se apagara por sí sola al llegar la llama a la piel; bastaba con pensar en otra cosa, y no notaba siquiera la sensación de dolor. Mucho después vi el truco repetido en una película, y me pareció que Peter O'Toole me estaba imitando. Valiente héroe, Lawrence de Arabia.

Siempre me ha resultado muy fácil dominar el dolor físico. El dentista familiar se asombró, la primera vez que tuvo que introducirme el torno en la boca, de mi aparente indiferencia. Profundizó en la caries, más, más... hasta que perdí el conocimiento. Y todo sin un quejido. Desde aquella primera visita el pobre hombre siempre escabulló el bulto conmigo, arreglándoselas para que me atendiera su ayudante.

El episodio del dentista había ocurrido hacía ya más de medio año; desde entonces se habían sucedido muchas ocasiones de ejercitar mi resistencia al dolor. Comprobé que, siendo de duración corta, cualquier sufrimiento me era fácilmente superable. Sólo me vencían los dolores continuos, los que no cesan en horas ni en días. O los inesperados, que caían sobre mí sin previa preparación. El dolor y las cosquillas. Qué dos cosas tan parecidas.

Aquella primera noche en el pueblo no pegué ojo. Leía sin enterarme, y pensaba; daba vueltas inacabablemente a las que eran mis preocupaciones fundamentales: qué era mi vida, qué significaba el mundo, por qué yo no estaba en él, sino que me sentía contemplándolo desde detrás del cristal de un escaparate. Trataba con desesperación de determinar qué hacer para sentirme vivo, y no prensado entre las páginas de un libro. El olor especial del profundo colchón de lana, las sombras en las que se difuminaban los contornos de la enorme habitación, el dudoso frescor de aquel aire que parecía encerrado desde el año anterior en la estancia muerta debieron excitar algún rincón de mi cerebro que la cotidianeidad de Madrid mantenía inactivo.

Tomé una resolución y la apunté en el cuaderno de notas: "Al amanecer, salir de casa por la puerta de atrás, caminar hasta el pantano y bañarme desnudo. Luego, volver antes de que se despierten y bajar a desayunar sin contar nada. Traer como prueba una piedra del fondo del pantano".

Apenas escritas esas frases comenzaron a cerrárseme los párpados. Consulté el reloj. Eran las cuatro. Muy pronto comenzaría a clarear el día. No podía leer, estaba nervioso y extenuado a la vez. Acodado a la ventana, mirando al exterior oscuro —no había luna— dejé pasar el tiempo, lento, lento. Cada vez me costaba más trabajo permanecer despierto. Por fin comencé a distinguir los contornos de las colinas lejanas, las copas de los árboles. Un blancor lechoso se apegaba cada vez con más fuerza a los objetos exteriores. Apagué la luz de mi habitación. Ya comenzaban a distinguirse los bultos conocidos: la gran cama de hierro, el pesado armario de otros tiempos, el enorme crucifijo, con aquel Cristo sangrante que amenazaba desde la cabecera... La naturaleza descansaba, sumida en un breve fresco que pronto se convertiría en un calor infernal. Sin hacer ruido me puse pantalón corto, camisa y sandalias, bajé cuidadosamente las escaleras y abrí los pestillos y cerrojos de la pequeña puerta del jardín. Atravesé corriendo la huerta de los manzanos y eché a andar a buen paso por el camino polvoriento, bajo un cielo que cambiaba el blanco por un tono dorado cada vez más intenso. Nada en el pueblo se movía; un gallo comenzaba a cantar.

En menos de media hora llegué a la orilla desierta del embalse. No tenía la menor gana de bañarme. El sitio era feo, la hora inadecuada: aún no había salido el sol, hacía un airecillo fresco. La gran extensión de agua calma, de color oscuro, resultaba amenazadora. Saqué la pequeña libreta del bolsillo de la camisa: "bañarme desnudo", leí en voz alta. Eso era lo más desagradable de la misión a cumplir. Me causaba pavor. Lo había escrito movido por un morbo intenso, pero ahora el sentimiento morboso se había trocado en otro muy distinto, paralizante. "Bañarme desnudo, bañarme desnudo", repetí, una y otra vez. Y me quité la camisa, me quité el pantalón... No, no había nadie en kilómetros a la redonda. Me quité el reloj, las sandalias. A la orilla del agua no había ni una roca, ni un matorral donde ocultarme si viniera alguien... Me quité el calzoncillo. Dejando la ropa desperdigada sobre el polvo, corrí al agua. Me hundí hasta el tobillo en el barro de la orilla, seguí avanzando. Tenía una fuerte sensación de asco, como si me estuviera sumergiendo en las fétidas aguas de una alcantarilla. Me tiré en plancha. Nadé. Me sentí mejor. Al cabo de unas cuantas brazadas respiré hondo, me sumergí hasta el fondo, cuatro o cinco metros, y busqué a tientas un guijarro entre el limo. Encontré uno y salí rápidamente a la superficie. Volví a nadar, a toda prisa, hacia la orilla. Con la piel chorreando agua me puse los calzoncillos. Luego las sandalias. Cogí la piedrecita y el resto de la ropa y me alejé corriendo hacia los primeros matorrales, como tratando de ocultar un terrible pecado.

Media hora más tarde estaba de nuevo en mi habitación. Caí sobre la cama. Por la ventana abierta asomaban las copas de los últimos manzanos del huerto, dorados ya de sol. Y me desperté muy tarde, cuando una criada llamó a la puerta con los nudillos, anunciando el almuerzo.

A la hora de la siesta, solo de nuevo en mi habitación, escribí en mi libreta: "Siete de julio. Hacer lo mismo que el día seis. Cuando me esté bañando, hacer 'x'".

En mi jerga particular, hacer "x" era masturbarme. Nunca me había atrevido a hablar del tema con nadie, a excepción de mi confesor, que me había forzado a ello en varias ocasiones, venciendo con su interés mi resistencia a revelar mi intimidad. Pero meses antes había decidido no confesarme, ni comulgar, ni ir a misa (siempre que no me vigilaran) hasta que pudiera tener una visión racional sobre todo aquel mundo de santos y misterios, que no conseguía en mi sistema mental hacer compatible con el resto del mundo que me rodeaba, con el mundo real. Una de las pocas cosas que mi madre no podía controlar era si yo me confesaba o no; así que mi único interlocutor en materias sexuales, aquel sacerdote tan curioso que siempre me preguntaba cómo y cuántas veces, quedó eliminado de mi vida, fue sacrificado a mi incipiente librepensamiento. Todo lo sexual era para mí materia reservada, me daba miedo, no lo comprendía ni tenía más referencias de ello que la muy directa de que mi cuerpo exigía de vez en cuando hacer "x". Yo me resistía a la tentación, aumentaba la tensión con mi resistencia... y, como todo hijo de vecino, y más a los catorce años, acababa cediendo a la naturaleza, con miedo, vergüenza y sin disfrutar psíquicamente del hecho. El confesor me advirtió en una ocasión de que conocía muchachos que habían perdido la voluntad y el dominio sobre sí mismos por haber estado haciendo aquello todos los días durante años y años; yo me hice la componenda mental de que, si conseguía hacerlo a lo más una vez por semana, no me sería tan perjudicial. Y, aunque ni siquiera este propósito se cumpliera, porque la experiencia me demostró que una semana era demasiado tiempo de abstinencia para mi cuerpo propenso al pecado, me propuse ejercitar diariamente la voluntad con actos como aquél de dejarme quemar los dedos por una cerilla, para compensar el reblandecimiento mental que creía sinceramente me iba a provocar mi manía masturbatoria.

¡Dios! Si la lógica existiera, mi generación tenía que haber salido cuajada de monstruos. Con aquella educación deberíamos haber quedado todos completamente tarados. Y, sin embargo, aquí estamos. Sintiéndonos tan normales, y horrorizados en cambio ante las malformaciones que nos parece contemplar en las generaciones que nos han sucedido, pese a que no han sufrido en sus almas la presión deformante de ninguno de los moldes insensatos que se aplicaron a las nuestras en aquellos años de plomo. Saliendo de aquella Edad Media construimos en los sesenta con nuestro esfuerzo una nueva Ilustración; desde nuestra decadente plenitud nos asomamos ahora a un nuevo oscurantismo. Y los que nos siguen ni siquiera se preocupan de ello, no tienen perspectiva alguna de la Historia. Supongo que están por venir los Bárbaros, pero nadie les espera. Bien; será su problema, no el de mi generación. Uno ya ha hecho lo que ha podido. Más de lo que ha podido. Que cargue cada cual con su cruz. O con su muermo, para no emplear simbología religiosa obsoleta.

Esperé el nuevo amanecer leyendo. Nervioso, volví a bañarme en el embalse. Hacer "x", hacer "x", me repetía. Y, dejándome hundir en el agua fría, me restregaba violentamente con la mano. Conseguí despertar el sexo con alguna dificultad, que provenía más del miedo y de la culpabilidad que sentía que de la incomodidad de la ocasión o de la frialdad del agua. Pero, apenas alcanzada la erección, llegó el orgasmo con una intensidad desconocida hasta entonces. Sumido en su vértigo, me olvidé de nadar; me hundí, tragué agua y salí tosiendo a la orilla, pero con un extraño contento. Me sentía lleno de mí mismo, dueño de mi vida, haciendo por primera vez lo que me daba la real gana. Tomé mis ropas y, sin importarme nada, me puse a caminar desnudo. Sólo al acercarme al pueblo me digné vestirme. Pero fue una caminata triunfal: me sentía orgulloso de mi cuerpo como jamás lo había estado. Como nunca antes, sentía mi ser físico: mi sangre alegre, mis músculos tensos, mi piel joven. Por una vez, yo era yo mismo, aquel muchacho joven de carne y hueso. Estaba en el mundo, pertenecía a la realidad. Los libros, los pensamientos eran una simple emanación de mi yo, como el humo que se desprende de una hoguera. Pero antes mi ser estaba en el humo; ahora yo era el fuego. Era la rama, sólida y crepitante, que ardía en su propia energía.

De nuevo permanecí durmiendo hasta el mediodía. Por la tarde, reflexionando sobre lo acaecido al amanecer, me dejé dominar por un pensamiento reaccionario: todo aquello no podía ser bueno. Me había paseado completamente desnudo durante media hora, sin temor de que me viese nadie; y, ¿quién podía saber si, efectivamente, alguien me había estado observando? Había sido mucha imprudencia. En realidad, mi satisfacción, mi contento interno, eran excesivos. Algo debía ir mal en todo aquello. ¿Habría afectado aquella extraordinaria "x" a mi capacidad de razonar? Me sentí en peligro. "Bueno —decidí—, hasta la semana que viene no se vuelve a repetir. No hay más que hablar."

Y, para estar seguro de cumplir mi decisión, lo apunté:

"No volver a hacer 'x' hasta el día 14 por lo menos".

Días más tarde me despertó una de las criadas de mi abuela:

— Niño, dentro de un rato pasará el panadero. ¿No oyes la bocina al otro lado de la iglesia? Me ha dicho un vecino que se va a llevar a los chicos hasta el río. ¿Quieres ir tú también?

No era la primera oferta que me hacían. Ya el anterior verano, el panadero se había brindado a transportarme en su camioneta hasta el puente del río. Solía dejar allá, después de efectuado el reparto del pan, un cargamento de niños del pueblo, y él seguía hasta el caserío vecino y los recogía a la vuelta, varias horas más tarde. Pero yo rechacé una vez, melindroso, la aventura que se me brindaba; y mi tía, no muy convencida de mi capacidad para ese género de correrías, reforzó mis escrúpulos con sus temores:

—Jesús, tan pequeños y dejarlos solos en el pantano... Haces bien, hijo. Es mejor que no vayas. Eso no es cosa de niños bien educados.

Volví a rechazar la oportunidad. Pero, mientras me vestía lentamente para bajar al desayuno, cambié de improviso de opinión. Cogí la libreta. Escribí, solamente:

"IR"

Tomé el *meyba* y bajé corriendo las escaleras. Dos besos a mi tía, unos rápidos sorbos de malta con aquella leche mantecosa, dos magdalenas al bolsillo en el momento en que la bocina del panadero sonaba frente al portalón de casa. Me hizo montar en la parte de atrás, una caja abierta, de madera. Al lado de dos grandes canastas con panes enormes, redondos, de ésos que no se veían en Madrid, me apretujé, sentado en el duro suelo, junto a cuatro chiquillos del pueblo. Dos de ellos eran pequeños; otro, de mi edad, flaco y con unas feas gafas, guardaba un aire superior y distante. El cuarto me pareció un poco mayor que yo; tendría quince años, o quizá dieciséis. Era corpulento y tenía algo alegre en el rostro ovalado, mejor dicho, algo que a mí me parecía alegre, aun cuando en ese momento me miraba con un aire entre receloso y lleno de curiosidad, con unos grandes ojos oscuros, perpetuamente asombrados.

Yo también estaba lleno de recelo. Pero era preciso disimular. Estaba dispuesto a romper la barrera de cristal y unirme a aquellos insólitos compañeros.

— ¡Hola! —dije.

— ¡Hola! —me contestaron, todos a la vez.

— ¿Vais a bañaros? —y, como todos afirmaron, continué—: ¿Puedo bañarme con vosotros?

No les dio tiempo a contestar a mi innecesaria pregunta. El panadero, bromista peligroso, efectuó una arrancada tan repentina que los canastos se nos echaron encima, y quedamos todos revueltos, chiquillos y grandes panes redondos, en el suelo de la camioneta. Yo me sentí súbitamente enojado. Los otros tres, que seguramente no conocían otro vehículo a motor que aquél, reían la gracia, mientras devolvían las hogazas a sus cestos. El que parecía más maduro, al notar mi malhumor, me preguntó, gritando para hacerse oír sobre el traqueteo y los chirridos del artefacto:

—¿Qué te pasa que estás tan serio? ¿te has hecho daño?

—Me has pisado la mano... un poco —respondí, tratando de moderar la respuesta, y dándome al mismo tiempo cuenta de que me salía sangre de un rasponazo en un nudillo.

—¡Cuánto lo siento! —el rostro del muchacho, ancho y moreno, expresó ahora verdadero dolor—. Déjame que te limpie.

Obedeciendo, sin duda, a una costumbre que yo desconocía, tomó mi mano en las suyas y comenzó a lamerme delicadamente la herida con la lengua. Sentí al pronto sorpresa y luego irritación. Y, de súbito, una onda caliente ascendió de mi mano por el brazo y me llenó de vértigo el cerebro, mientras las orejas se me encendían y me latía el corazón con violencia. El muchacho, con toda naturalidad, se había tragado mi mano. Casi toda ella desaparecía en el interior de su boca. Las yemas de mis dedos palpaban la parte posterior de su lengua, ya en la garganta.

Permanecí paralizado un momento, enojado y agradablemente excitado a la vez. Fernando —luego supe que se llamaba así— me repasó con la lengua la palma, las hendiduras entre los dedos. Lavaba el rasponazo y tragaba mi sangre. Los otros tres chicos asistían indiferentes a la escena, que para ellos debía de ser acostumbrada. Yo hacía lo posible para disimular la transformación física que se había realizado en mi entrepierna. Pero me di cuenta de que no hacía falta. Fernando estaba también empalmado, y no lo disimulaba. El muchacho con gafas también tenía la bragueta sospechosamente abultada. El traqueteo de la camioneta no podía fallar en unos mozos de catorce o quince años, pero ellos no parecían conceder al hecho la importancia que le daba yo. Les envidié por la naturalidad con la que se lo tomaban, sin vergüenzas ni ocultaciones.

Cuando al fin soltó mi extremidad Fernando debió de darse cuenta de mi extrañeza, porque dijo, a modo de justificación:

— La mano estaba limpia...

"¿Y tu boca, qué, guarro?" —pensé para mis adentros— "¿No sabes que tienes la boca llena de microbios, y me has chupado la carne viva?"

Pero me cuidé mucho de decir en voz alta lo que pensaba. Me limité a dar las gracias. Poco después, al notar que el viaje estaba a punto de acabar, me quejé —impropio de mí— de la herida, con la esperanza de que repitiera el gesto. Pero no lo hizo.

Bajamos junto al puente. El embalse se estrechaba allí hasta convertirse en río, y el agua corría lentamente entre las piedras del lecho. La camioneta arrancó de nuevo y cruzó con fragor al otro lado mientras nosotros descendíamos desde el estribo hacia la orilla. Pronto dejamos de oír el rugido del motor.

Alrededor del único pilar, que soportaba dos arcos de medio punto, el río formaba una pequeña laguna profunda que permitía dar unas brazadas sin dificultad. Los chicos del pueblo conocían el lugar palmo a palmo, sabían nadar lo imprescindible y no tenían miedo al agua. Muy pronto nos encontramos los cinco disfrutando del baño al pie de la antigua construcción de piedra. El agua estaba fresca y bastante limpia. Pececitos diminutos compartían nuestro baño, sin temor, y hasta se acercaban de vez en cuando a mis piernas, haciéndome cosquillas cada vez que se intentaban llevar un bocado de mi piel. Éramos los únicos habitantes de aquel oasis solitario: ningún vehículo a motor, carro o peatón cruzaba el puente a aquellas horas. Era todo un pequeño mundo de luces, sombras y reflejos, silencioso, recoleto como un compartimento del Paraíso, que nos rodeaba y nos pertenecía.

En los sillares del tajamar se abría una ancha mella que proporcionaba una plataforma accesible desde la que saltar, un trampolín perfecto a dos metros de altura sobre la superficie del agua. Mis compañeros conocían ya la mejor forma de subir hasta allí, aprovechando las oquedades que el tiempo había abierto en la piedra para encaramarse a pie desnudo por la pared vertical. Un fuerte tronco de hiedra abrazado al pilar facilitaba ayuda en la ascensión.

Observé que mis compañeros, aunque se arrojaban sin vacilaciones al agua, hasta los más pequeños, lo hacían siempre de pie, o haciéndose un ovillo. Vi abierto el camino de hacerme respetar por ellos saltando al agua de cabeza, con el estilo más espectacular posible. Luego, cuando comprobé que no había rocas ni ramas traidoras en el fondo, me atreví a practicar alguna de mis habilidades de piscina: saltos del ángel, saltos de espaldas... Mis compañeros más pequeños pronto se entusiasmaron, y quisieron imitarme. Pasé mucho rato enseñándoles a tirarse de cabeza al agua. Pero los dos mayores parecían reacios a reconocer mis méritos. El chico de las gafas se negó en redondo a quitárselas, pretextando que sin ellas se quedaba completamente ciego; un buen truco para no tener que tirarse de cabeza. Fernando, por su parte, aseguró con displicencia que no necesitaba mis consejos, porque ya sabía perfectamente tirarse. Cuando intentó demostrarlo —se santiguó antes de iniciar la maniobra— se dio una gran tripada. Debió de dolerle, pero repitió el salto una y otra vez, siempre previa señal de la cruz. Parecía incapaz de tomar impulso suficiente como para sumergirse de cabeza. El vientre o el pecho, a veces la cara, chocaban siempre los primeros contra la superficie. Pero se tragaba su dolor, y hasta sonreía cuando percibía mi mirada inquisitiva sobre él.

Fernando llevaba puestos unos horribles calzones caseros que, en un gesto nervioso, se subía hasta que el elástico le llegaba a las tetillas. Tras una de sus esforzadas planchas, en vez de sonreír dio un grito de desesperación. Yo sabía cuál era la causa, porque no perdía detalle de lo que hacía, mientras me fingía distraído con los pequeños.

— ¡Que llevaba dos piedras en el bolsillo y... se hunde!

Yo le miraba poniendo cara de sorpresa, como sin comprender.

— ¡Que se va al fondo!

Yo seguía sin reaccionar.

— ¡Que no sé bucear! —reconoció al fin.

Elegantemente me sumergí de cabeza. En seguida vi el traje de baño. Era de color claro, y quedaba disimulado por el fondo arenoso sobre el que reposaba, a sólo tres metros de profundidad. Era fácil de recobrar. Antes, había que tomar aire. Ascendí hacia la superficie, pasando mis ojos muy cerca de su objetivo: aquello con lo que Fernando hacía, sin duda, él también "x" de cuando en vez. Era como el mío: estaba allí, colgando, arrugadito, suelto en el agua, pálido... Llegué a la superficie:

— Lo he visto, pero está muy difícil. Voy a ver si lo alcanzo.

Ahora me dediqué a contemplar, desde abajo, el escorzo de sus piernas robustas, los muslos que se ensanchaban cuanto más arriba y que, finalmente, sin estorbo alguno para la vista, se convertían en dos redondas nalgas. Dentro del agua no se veían las formas con precisión; pero todo lo prohibido destacaba, en un color blanco verdoso, sobre el resto del cuerpo, moreno, más oscuro. Allí estaban esos centímetros de piel sagrada; siempre visibles, siempre a mi disposición. Volví a subir a la superficie:

— Está muy difícil. No alcanzo.

— Por favor —suplicó, derrumbado—, cógeme el bañador. Te prometo que te daré lo que quieras, a cambio. Lo que quieras.

Al tiempo de mi nueva inmersión noté que el cuerpo de Fernando se desplazaba. Estaba nadando, en posición acuclillada —no quería mostrar sus vergüenzas por encima del agua—, hacia la orilla, hasta que hizo pie. Comprendí que el espectáculo se acababa. Bajo el *meyba*, en el agua casi fría, me noté semiempalmado. Seguro de mí mismo bajé hasta el fondo y tomé con los dientes —para mayor exhibición— el bañador de Fernando. En el puerto de San Sebastián había visto bandadas de chiquillos recuperar de ese modo las monedas que arrojábamos al agua los veraneantes. En realidad, las cogían del fondo con la mano, y se las ponían entre los dientes mientras subían hacia la superficie. Las mostraban así, abriendo bien los labios y apretando las mandíbulas, a los que las habían tirado... Y se las quedaban. ¡Qué envidia les tuve siempre! ¡Había soñado tantas veces que de pronto quedaba huérfano, solo, en la miseria más absoluta, y me ganaba la vida de ese modo, divirtiendo a los ricos con mis cabriolas acuáticas...! Ahora que lo pienso, una de mis aspiraciones de niño era llegar a ser pobre. Y es que identificaba la pobreza con la libertad. Casi he conseguido el primero de esos dos objetivos. El segundo sigue siendo inaccesible para mí. Y para todo el mundo, me parece.

Un rato más tarde estábamos Fernando y yo tumbados uno junto al otro sobre la rala hierba de la orilla, bajo un sol de castigo. Los demás se hallaban a cierta distancia, jugando todavía, tirando piedras al agua.

— Me has hecho un gran favor —dijo—. Menuda bronca me esperaba en casa. Mi padre me hubiera dado un palizón. Estoy en deuda contigo.

Yo decía que no, tratando hipócritamente de quitar importancia a mi hazaña.

— Sí, sí. Dime qué quieres que haga, y lo haré. Te lo he prometido.

Una idea me cruzó por la mente. Pero era absurda... ¿Sí, o no? Recordé mi aventura al amanecer, dos días antes. Era necesario seguir. Había descubierto un camino nuevo en la vida, y había que andar por él. Aunque llevara al infierno. Pero había que ponerse en movimiento. Era la vida la que me llamaba, y no los libros.

— Vamos a un sitio tranquilo, donde no nos molesten —dije, incorporándome de un salto y echando a andar con paso rápido.

Fernando me siguió, obediente. Dejamos a los otros muy entretenidos cazando renacuajos y seguimos unos minutos orilla arriba. Por fin llegamos a un paraje oculto entre matorrales. Desde allí ya no se veía el puente. Muy a lo lejos se oían los gritos de nuestros compañeros. Me senté sobre la hierba seca, y Fernando se sentó a mi lado. Los arbustos subían por todas partes más altos que nuestras cabezas. Fernando tenía la vista baja, no me miraba.

— Quiero... —comencé. Me faltaba valor. Por fin, continué—: Quiero que te quites el traje de baño.

— ¿Para qué? —acertó a contestar.

— Eso no te importa.

Fernando ocultó más aún su rostro en el pecho.

— Me da vergüenza.

— Me lo debes. La vergüenza es una tontería —contesté—. Además, ya te he visto antes, por debajo del agua.

Sentado en el suelo como estaba, tomó con ambas manos el elástico y fue bajando lentamente el bañador. Primero dejó al descubierto el redondo ombligo. Luego, a partir de allí, piel rotundamente blanca, prohibida; después un vello negro y rizado, enseguida la colita, pequeña y asustada; luego los muslos... Finalmente dejó a un lado, sobre el suelo, el bañador. Yo miraba atentamente, me comía con los ojos todo lo prohibido de su cuerpo; me sentía con derecho a ello, había recuperado el bañador del fondo del río... Le hice mirarme a los ojos con sus ojos oscuros, y me pareció entrar por ellos, introducirme en aquella cabeza tan bien moldeada, en aquel cuerpo caliente.

— No te he visto todo. Te tienes que dar la vuelta —dije, muy quedo.

Obedeció sin protestar. Eran dos nalgas blancas, semiesféricas. Noté la erección dentro de mi bañador. Fernando se hallaba tumbado de bruces sobre la hierba, ocultando el rostro en los brazos. Me salí del juego: con un dedo, un sólo dedo, el índice de la mano izquierda, seguí, al contacto de su sola yema, el contorno de una nalga, luego de la otra. Todo mi ser estaba inflamado, en cuerpo y alma; pero no sabía qué hacer. Tenía dentro una sobrepresión, y no sabía por dónde hacerla escapar.

— Date la vuelta otra vez.

— No.

Sorprendido por negativa tan rotunda, insistí.

— No. No me quiero dar la vuelta. Ya me has visto por delante y por detrás. Ya está. Ya vale. He hecho lo que querías, ¿no? Ya he cumplido.

— Venga, date la vuelta o te la doy yo.

— ¡Que no!

Le di un empujón, intentando voltearle por sorpresa. Se defendió, y sobrevino una lucha cuerpo a cuerpo en la que pude comprobar —¡cómo no lo había pensado antes!— que Fernando no había querido volverse para que yo no me diese cuenta de que estaba él también empalmado. Me pareció que, en erección, su aparato era mucho mayor que el mío.

La lucha no se parecía mucho a las que yo había reñido hasta entonces. Había algo de cuidadoso, de suave, de ceremonial en ella. Fernando abrió de pronto los ojos hasta que pareció que iban a salírsele de sus órbitas, y me estrujó con fuerza enorme, haciéndome daño. Dio un pequeño grito, y después otro.

(aventure métaphs)

Quedó como desmayado en mis brazos, al tiempo que yo notaba una humedad entre su vientre y el mío. Como un poseso, me quité el bañador y me abracé muy fuerte contra él, restregándome en aquella viscosidad caliente que cubría su vientre, y en pocos segundos uní mi orgasmo al suyo. En seguida nos separamos. Nos pusimos los bañadores sin decir palabra.

— Vamos a bañarnos primero, no nos noten las manchas —dije.

Buscamos un sitio apropiado en el río, y allí nos estuvimos purificando. Fernando no hablaba. Estaba visiblemente confuso, avergonzado. Yo, en cambio, me sentía feliz como nunca en mi vida, en comunión con toda la naturaleza, como si hubiera acabado de cumplir una gran misión para la que mis catorce años de lucha con el mundo no habían sido sino el prólogo. Así debía sentirse la serpiente después de cambiar de piel, el gusano al verse metamorfoseado en mariposa.

Antes de llegar junto a nuestros compañeros di un abrazo a Fernando, que se dejó hacer, sin resistencia ni tampoco entusiasmo. Seguía con la cabeza baja. Me dio la sensación de que, como un vampiro, le había robado toda su vitalidad, que ahora circulaba por mis venas. Me parecía que mi corazón bombeaba toda la sangre roja de aquel muchacho campesino, mientras la mía, enfermiza, de aprendiz de intelectual, quedaba abandonada para siempre lejos de mí.

Cercana ya la hora de comer, la camioneta del panadero hizo sonar la bocina antes de detenerse sobre el puente. En el viaje de vuelta toda mi atención continuaba puesta en mi compañero, que seguía taciturno. Los otros tres muchachos revoloteaban alrededor, fuera de aquel mundo perfecto que yo acababa de construir, y que consistía sólo en Fernando, la naturaleza y yo, con exclusión de todo lo demás.

Después de comer con mi tía dormí la siesta como un tronco. Me desperté caída ya la tarde, pensando en Fernando. Me lancé a la calle impetuosamente, cosa rara en mí: mi amigo no aparecía. Yo no estaba seguro de cuál sería su casa, y aunque lo hubiera sabido tampoco me hubiera atrevido a preguntar por él. A la saciedad de la mañana había seguido una gran sed; me daba cuenta de que Fernando jamás me satisfaría definitivamente; siempre querría más y más de él. Comenzaba a saber, aunque de una forma inesperada y que no venía en los libros, lo que era amar.

En la cena, mi tía, que nunca reparaba en mí, me preguntó varias veces si me pasaba algo. Me vio nervioso, y me hizo preparar una infusión de tila.

Quise salir a la calle: las familias campesinas aprovechaban el fresco nocturno para instalarse a la puerta de sus casas y pasar la velada charlando o jugando a las cartas, o escuchando la radio. Los chiquillos corrían de un grupo a otro, atravesando como murciélagos la sombra densa que apenas disminuía alrededor de las cinco o seis bombillas del alumbrado público. ¡Ay, aquellas bombillas desnudas de los pueblos, recubiertas de cagaditas de mosca, de luz tan tenue que a duras penas señalaban su propia situación, sin fuerza siquiera para asesinar insectos!

Recorrí todos los grupos saludando a unos y a otros —gentes que nunca me habían interesado lo más mínimo y que ahora se asombraban de la comunicatividad del señorito— pero no encontré a mi amigo. Era evidente que permanecía en el interior de su casa. Estaría acostado, durmiendo... o escondido. Tal vez se estaba ocultando de mí, a lo mejor quería evitarme... El alma se me ensombreció progresivamente. Comencé a darme cuenta de que la experiencia del río no había supuesto lo mismo para ambos. A mí me había abierto un mundo, a él parecía haberle dejado triste...

Lleno de angustia volví a casa y me acosté. No podía dormir. Intenté leer, pero los libros estaban ahora muertos para mí. Los caracteres impresos no tenían más valor que rastros de mosca sobre un papel blanco. Y la vida, ¿dónde estaba? Mi vida era Fernando, y Fernando se escondía. La vida me daba la espalda, y yo no contaba ya ni con el sucedáneo de los libros para mantenerme.

Pero a la mañana siguiente se disiparon mis temores. Esperé ansioso, después de desayunar, la llegada ante la casa de la camioneta del panadero y, sí, Fernando iba en ella, junto con los otros tres chicos de la víspera, y otro más, desconocido. Subí de un salto a la caja, y la brusca arrancada no me pilló esta vez con la guardia baja. Aún de pie, mantuve el equilibrio y me sentí triunfador, sabiendo que los demás me observaban. Peor suerte tuvo el nuevo, sobre el que cayó una gran canasta repleta de panes redondos. Se pasó el resto del viaje quejándose de dolores diversos, pero nadie le hizo caso. Y el que menos Fernando, observé con satisfacción. Si, tal como había hecho conmigo la víspera, mi amigo hubiera lamido al nuevo en una de las rozaduras que se había hecho, me hubiera sentido muy mal.

Pero a mí tampoco me hacía caso. Tras el saludo de rigor traté de trabar conversación con él. Me respondió con monosílabos. Seguía con la cabeza gacha, sin mirarme de frente, como en el viaje de vuelta de la víspera.

Decidí disimular mi inquietud, y me dispuse a conversar con los demás. Los pequeños en seguida le explicaron al nuevo que yo nadaba muy bien y les había enseñado a tirarse de cabeza; y me hicieron prometerles que les haría el salto del ángel. Resultó que el nuevo no sabía nadar y, claro, tuve que comprometerme a darle clases. Me había convertido en el centro de atención de la pandilla; hasta el hosco chico de las gafas me hacía preguntas, quería saber detalles de mi vida en Madrid. Sólo Fernando se mantenía distante, en silencio. Bajamos junto al puente. El escenario era una repetición exacta del de la mañana anterior, un pequeño paraíso solitario. Corrimos a la orilla, nos quitamos la camisa, nos metimos al agua con cuidado, los pies descalzos. Yo era el único que me había llevado unas zapatillas viejas, que me había proporcionado una de las criadas de mi tía. Novedad: el recién llegado se había traído un maravilloso neumático de camión, sobreinflado, enorme. Era un muchacho del pueblo, de la misma edad que Fernando y yo. Tenía el cuerpo musculoso, los brazos muy largos, y andaba un poco inclinado. Su rostro era brutal, simiesco, aunque en seguida descubrí que no era ni pizca de tonto y que su talante era amigable y confiado. Aunque no era capaz de mantenerse a flote por sí mismo se metía atrevidamente hasta el centro de la poza agarrado al neumático. Olvidando por el momento al taciturno Fernando, me dediqué a enseñarle a mover los pies mientras se agarraba al improvisado flotador. Luego logré que se desprendiera de él y diera unas brazadas... A poco flotaba sin ayuda, pataleando de cualquier manera, nadando como un perro. Y de ahí pasó en seguida a tirarse, como los demás, desde la brecha del tajamar. Cuando me vio hacerlo de cabeza, no dudó en hacerlo él también. Qué bruto, y qué buen alumno.

Uno detrás de otro nos tirábamos al agua, dábamos unas brazadas, subíamos por la piedra vertical agarrándonos al sinuoso tronco de hiedra, dábamos unos pasitos por la estrecha cornisa, tomábamos impulso y nos arrojábamos de nuevo al agua, en las posturas más extravagantes que se nos podían ocurrir. Hicimos aquel carrusel durante un largo rato, hasta que, de pronto, me di cuenta de que Fernando había desaparecido.

—Seguro que se ha ido hasta el ciruelo —me dijo uno de los pequeños, que me acompañaba en el recorrido de la cornisa.

Y me explicó que, doscientos pasos más arriba, crecía cerca de la orilla un ciruelo sin dueño, y que por estas fechas solía estar cargado de fruta. La pandilla lo había descubierto el año anterior.

Me arrojé al agua, nadé hasta la orilla y salí rápidamente en busca de Fernando. Las viejas zapatillas mojadas me permitieron correr por el sendero abierto entre los matorrales. Al atravesar el oculto claro entre arbustos donde habíamos *luchado* el día anterior, surgió de no sé dónde y se me arrojó encima como una pantera. Caímos al suelo, forcejeamos, nos revolcamos uno sobre el otro sin decir palabra, sin proferir un grito. Hubo un momento en que me tuvo inmovilizado, y entonces me dio un suave, minúsculo beso en los labios. Luego seguimos luchando, y pronto estuvimos satisfechos, tumbados uno junto al otro con los trajes de baño por las rodillas. Entonces se oyó una voz burlona:

— Hombre, podíais haber avisado. A mí también me pica.

Era el nuevo.

— Íbamos por ciruelas, allá abajo —expliqué rapidamente, subiéndome el bañador.

No hizo más comentarios. Además de bruto, feo y valiente, el nuevo era discreto. Yo seguí hablando con él, mintiéndole con sangre fría, mientras Fernando, que se había subido también el bañador a toda prisa, quedaba otra vez taciturno.

El árbol apenas conservaba tres o cuatro ciruelas picadas por los pájaros. Pero las recogimos y las comimos con ansia, pese a que estaban calientes.

Luego volvimos al lugar del baño. Cuando al fin pude hablar con Fernando a solas, le espeté:

— ¿Dónde estabas anoche, después de la cena? Te anduve buscando por todo el pueblo.

Me miró con altivez:

— ¿De dónde te crees tú que sale la leche que desayunas?

Resultó que las pocas vacas que había en el pueblo eran de su familia. Y él era el encargado de ordeñarlas cada noche. No tenía tiempo de salir a tomar el fresco con los demás.

— Si fuera rico, me compraría una escopeta y muchas vacas, y las iría matando a tiros una a una —me dijo.

Deduje que no estaba muy encariñado con su trabajo.

— ¿Me dejarás acompañarte, esta noche? —solicité—. Nunca he visto ordeñar a un bicho de ésos.

Me miró, enojado.

— No. No quiero que me veas con las vacas. Ya nos veremos mañana, en el río. ¿No te basta con que te ordeñe a tí?

Me puse colorado. Me achiqué ante su brutalidad:

— Yo... Sólo quiero verte, estar contigo un poco más.

— También a mí me gustaría, pero no puede ser.

No pude sacarle más explicaciones. No podía comprender por qué estaba de tan mal humor si disfrutaba con nuestras luchas tanto o más que yo. ¿Por qué reaccionaba de forma tan distinta una vez acabada la escaramuza?

Sin embargo, su talante mejoró mucho cuando llegamos de nuevo junto a los demás y nos volvimos a meter en el agua. A punto de tirarnos desde la brecha del tajamar, se dejó aconsejar:

— Date impulso con las piernas, así. Y luego estiras bien los brazos, los diriges hacia adelante. No, no pongas las manos como si estuvieras rezando. Estira bien los brazos.

Por fin logré que se tirara de cabeza medianamente bien. Seguía torpe, pero al menos conseguí que no se dañara al golpear en el agua aquella parte de su anatomía que había adquirido ahora tanta importancia para mí.

Y poco antes de que sonara a lo lejos la bocina del panadero invitándonos a regresar al pueblo, volvimos a escondernos de los demás entre las matas. Esta vez nos besamos mejor.

Las horas siguientes fueron una espera interminable. Todo yo era un deseo de Fernando; sufría profundamente por el absurdo de estar viviendo los dos tan cerca y en la imposibilidad de vernos. Al bajar de la camioneta en la plaza del pueblo me había dicho al oído, muy bajito: "te quiero". Yo también le quería a él; y estaba dispuesto a una entrega total. Todo mi ser, todo mi tiempo le pertenecía. ¿Por qué él no obraba de la misma manera?, ¿por qué me escatimaba su presencia de aquel modo? No podía comprender aquella falta de reciprocidad en nuestra entrega, si nuestros sentimientos mutuos eran similares...

¡Qué inexperto era yo, cómo erraba buscando la lógica en un terreno del que la lógica está casi ausente...! Lo quería todo, de repente, y no sabía que en casos como el que estaba viviendo lo más provechoso es dejarse llevar por la corriente de los hechos, sin gastar energías en una estéril lucha contra el destino. Seguir el camino más fácil suele ser la mejor solución a un problema; pero la moral de la renuncia y del trabajo que se nos ha inculcado nos lleva siempre a encarar los obstáculos de frente, con lo que nos aseguramos casi siempre el fracaso.

Fue una tarde de nervios, pero a la noche dormí bien, y por fin llegó la mañana. Estaba medio nublado, el sol salía a ratos por entre las nubes. Salí al encuentro de la camioneta, y allí venía Fernando. Solo. Nadie más se había animado al baño en aquel día dudoso. Me sonrió, incapaz de disimular su contento. Yo, por mi parte, era feliz. Ya en el viaje de ida nos acariciamos con disimulo, vigilando el espejo retrovisor de la camioneta. Y, luego, tuvimos el pequeño paraíso toda la mañana a nuestra disposición: el puente, el río, la hierba entre los matorrales eran sólo nuestros. Fernando parecía otro: se pasó la mañana diciéndome "te quiero", "te quiero", entre abrazo y abrazo. Nadamos, luchamos en el agua, nos tiramos juntos una vez desde la brecha del tajamar, muy abrazados, y fue como si hubiésemos muerto juntos; y luego juntos resucitamos, resoplando entre espumas. Al final de la mañana las nubes se agolparon unas contra otras y comenzó a llover mansamente. Nos vestimos, pero hacía demasiado fresco; nos refugiamos bajo el extremo del arco de piedra, pegados uno a otro, dándonos calor. Fueron unos instantes eternos, todavía duran, os lo aseguro. Se han salido del tiempo. Pero pasó la mañana y, demasiado pronto, sonó la bocina del panadero acercándose al puente.

Volvimos al pueblo, esta vez —seguía lloviendo— sentados uno encima del otro en el estrecho asiento libre de la cabina, al lado del panadero. Un intenso tormento de inmovilidad forzada, un cuerpo sobre el otro, disimulando la tensión ante un panadero que —se me antojaba— echaba cada pocos segundos miradas disimuladas sobre nuestras anatomías casi fundidas.

Ése fue el final de aquel pequeño paraíso; pero yo todavía no lo sabía. Cuando a la mañana siguiente subí a la caja del vehículo encontré a los compañeros acostumbrados, pero no a Fernando. Desorientado al principio, acabé preguntando por él. Nadie sabía por qué no había venido. Yo, de repente, tuve la certeza de que algo se había roto, pero no acerté a dar forma a mis presentimientos. Pasé la mañana impaciente por volver al pueblo; pero cuando regresamos no me atreví a ir en busca de mi amigo. Esa noche dormí muy poco; presentía un desastre.

A la mañana siguiente subí temprano al desván. Desde la ventanita se podía vigilar todo el pueblo, y allí me situé sin dudarlo. Vi al panadero sacar la camioneta cargada a la calle, seguí su recorrido sinuoso por dos o tres callejas. Cargó al muchacho de las gafas, al de aspecto brutal con su neumático, y a otros que yo no conocía aún. Pero no a Fernando.

No quise ir al río. Hice caso omiso a los bocinazos, cuando el vehículo se situó frente a nuestra casa, en mitad de la ancha plaza que formaba con la iglesia. La camioneta se alejó al fin carretera adelante, y yo seguí acurrucado tras mi ventanuco, vigilando.

A media mañana, cuando ya la temperatura de mi escondite empezaba a hacerse difícil de soportar, le vi salir de una de las últimas construcciones del pueblo, conduciendo con ayuda de una larga vara varias vacas camino del abrevadero. Ahora no podría escurrir el bulto. Me lancé a su captura.

Bajé las escaleras tan atolondrado que tropecé en el último tramo, caí aparatosamente y me abrí la rodilla. Afortunadamente, ninguna de las tres mujeres de la casa se dio cuenta de ello. Salí, cojeando, hacia el pilón. Apenas me vio, Fernando desvió la mirada. Respondió a mi saludo de mala gana. Estábamos los dos solos, frente a frente, bajo un sol de castigo. Pero no me miraba. Algo se desgarraba lentamente en mi interior, con un dolor intenso y retorcido. No había sintonía entre los dos. Fernando no me quería.

— Sácame un poco de agua con la bomba —pedí, a punto casi de romper a llorar—. Tengo que lavarme la rodilla.

Me miró la pierna, y le noté sobresaltarse. Y también me asusté yo, al ver que la sangre caía en goterones hasta la sandalia y el suelo.

— No me hace daño —dije, sin saber continuar.

Me hizo sentarme sobre la plataforma de cemento que cubría el pozo, y con unos cuantos esfuerzos poderosos hizo salir por la boca de la bomba un abundante chorro de agua. Me lavó diestramente la herida. Tenía la rodilla desollada. Poco a poco fue cediendo la hemorragia. El dolor era vivo, pero no era eso lo que me preocupaba.

— No llores —me dijo—. Eso no es de hombres. Se te pasará enseguida.

Yo notaba que me caían lagrimones, resbalando hasta el suelo. Entrecortadamente, dije:

— No es por la rodilla. No es por eso. Me duele, pero no me importa.

Me miró a los ojos, por primera vez, con sus grandes ojos oscuros, asombrados, tristes.

— Es que... no me quieres —me atreví a decir, por fin.

Esta vez no apartó la mirada. Mantenía los ojos inmensamente abiertos. Yo tampoco los cerraba, aunque me escocían al lagrimear.

Seguía en silencio. Pero de pronto aparecieron en sus mejillas dos lágrimas solitarias.

— No te quiero ver más —dijo al fin, con una voz seca y dura—. Nunca más.

El domingo me llevó mi tía a la iglesia. Tuve que aguantar, como de costumbre, aquella ceremonia en latín que ya era para mí un cúmulo de despropósitos. Después de misa mi tía me hizo esperar un rato con ella en la sacristía, y finalmente salimos camino de la Mansión con el cura, que estaba invitado a desayunar, como casi todos los domingos.

La ceremonia habitual del desayuno se vio reforzada para la ocasión; también el cura puso algo de su parte, bendiciendo solemnemente el café, la malta y las magdalenas, y hasta la botella de anís que apareció inusitadamente junto al servicio de plata.

Yo creía que tomar anís por las mañanas era cosa de camioneros, de descargadores del mercado de abastos; comprobé entonces que también de algunos profesionales de labor más sutil, como ciertos pastores de almas, a los que no bastaba su traguito habitual de vino de misa. Se había cepillado ya aquel hombre tres copitas cuando mi tía dio por terminado el desayuno:

— Qué cansada estoy. Voy a tener que retirarme a mi habitación, padre; le dejo con mi sobrino. Arturito, ¿por qué no le enseñas la huerta al padre? Y luego me dices cómo va la fruta este año, desde mi ventana no llego a verla...

Se retiró, y me dejó solo con aquel borracho de sotana. Salí con él al huerto por la puerta de atrás, y anduvimos lentamente hasta alcanzar la sombra del manzano más frondoso. Había allí un banco de madera, en el que se sentó, dejándome a mí de pie, frente a él. Y comenzó un sermón que tenía ya bien estudiado:

— Hijo, tienes a tu tía alarmada. Ha observado que desde que viniste al pueblo no has acudido a confesarte ni una sola vez. Y el año pasado lo hacías cada semana.

— Sólo llevo aquí unos días... —intenté defenderme.

— Dos semanas. Y no te he visto el pelo más que en la misa de los domingos, porque te trae tu tía. Aquí pasa algo. Ya sé yo. Madrid es una gran ciudad, llena de pecado...

No me atrevía a mirarle a la cara. La incipiente construcción de mí mismo que había estado consiguiendo en los últimos días comenzó a vacilar, a resquebrajarse, víctima de un invencible terremoto.

— Y no puedo decirte más, porque me ata el secreto de confesión —continuó, con voz enérgica—. Pero sé que te has dejado llevar por el demonio, sí, por el demonio de la carne, y que has intentado uncir al yugo de tu pecado a otra alma, más sencilla que la tuya, aprovechándote de tu posición superior...

No puedo seguir describiendo la escena. Mis propios recuerdos han vuelto a quedar confusos. La indignación que todavía siento después de tantos años me impide pensar en otra cosa que en el alma de aquel hombre, negra como su sotana, que debería estar ahora ardiendo en el infierno que él, y otros como él, inventaron para asustar a los chavales que intentaban como yo convertirse en hombres. Sí, debería existir el infierno; para los que lo concibieron, para los que utilizaron el invento en su provecho. Exclusivamente para ellos. Eterno.

Improvisé una escena de arrepentimiento, creo. No sé si real o fingida. Me imaginé una recaída en la fe religiosa, y con el tiempo acabé creyéndomela. No comprendo muy bien lo que me pasó en el alma, pero siguieron unos años en que dejé de ser yo; años perdidos, y perdido también todo mi esfuerzo anterior. Si a los catorce años casi me había convertido en un hombre, a los dieciséis era todavía un niño. Y a los veinte andaba despistado por la vida, tratando de ocultar —inútilmente— mis problemas personales a los demás y a mí mismo tras la sombra de Mao y el Che Guevara.

Sólo el chasco que me llevé con la boda de mi prima comenzó a hacerme pensar seriamente en quién y qué era, cuáles eran mis deseos profundos y cómo podría satisfacerlos. Y me encontré así predispuesto a enfrentarme con una vida más auténtica que, en mi aislamiento, creí equivocadamente al principio que iba a ser infernal. Toda mi educación me decía que seguir mis tendencias más profundas me llevaría a la perdición... luego resultó que el camino que acabé eligiendo con pavor a los veintipocos años era hasta vulgar. Fue una liberación, porque llegué a ser yo, a querer y a ser querido; pero también una decepción, porque no encontré las emociones sublimes que había supuesto me esperaban en un infierno que no se dignó aparecer en mi horizonte. Mi vida ha transcurrido, por lo general, aderezada por esa salsa suave y ligera que es el sentido común, alejada de grandes pasiones y de desmesuradas tragedias. Supongo que por fortuna. Sólo sé que todo lo que me habían imbuido mis educadores era falso. Y mi instinto, mi pobre instinto pisoteado y encerrado bajo siete llaves durante tantos años como si fuera una fiera peligrosa, resultó ser lo único certero.

Aquel verano no volví a hablar más con Fernando. Tampoco leí gran cosa. No salía de casa, ni siquiera al huerto de los manzanos. Ni me refugiaba en mi nido del desván. Me limitaba a pasarme las horas muertas en mi habitación, tumbado en la cama. A veces lloraba, a veces no. A nadie importaba lo que hiciera o dejara de hacer, nadie tenía el menor interés en saber qué me ocurría. Nadie lo sabía. Ni yo mismo.

Dos semanas después de aquella aventura confusa apareció mi padre en el pueblo, armando el revuelo acostumbrado con el viejo coche negro. A San Sebastián, corriendo, a la playa, al mar; pero mi alma estaba narcotizada, casi muerta. Volvería a la vida muy poco a poco, mucho tiempo después, y con alguna de sus mejores cualidades ya amputada para siempre.

Ese invierno fue muy frío; mi tía abuela murió. Y yo me alegré, porque así no tendría que volver más por Alpedrejo.

Tres

El desportillado Simca 900 se estaba portando bien. Eran sólo las doce y media de la mañana cuando me desvié por la carretera local que moría en el mismo Alpedrejo, ocho kilómetros más allá. En seguida comenzaba la cuesta abajo, hasta llegar al río. La carretera seguía siendo estrecha y retorcida, pero me sorprendió la circulación de domingueros. ¡Quince años antes, sólo la recorrían el autobús de línea y la camioneta del panadero!

Muy pronto se extendió ante mis ojos la razón del intenso tráfico: el paño azul del embalse —salpicado por un par de diminutas velas blancas— limitaba, tras una franja marrón, tierra de nadie cruzada por una larga pasarela de madera, con un extenso oasis: centenares de arbolitos recién plantados, sauces y chopos de crecimiento rápido, setos de arizónica entre parcela y parcela, césped, farolas, viales de asfalto: a la orilla del pantano había surgido toda una ciudad de chalecitos de fin de semana. Pensé en las horas de carretera que tendrían que soportar sus dueños cada vez que vaciaban la metrópolis para agolparse en aquel oasis improvisado, cada vez que abandonaban sus cortacéspedes para refugiarse de nuevo en sus apiñados pisitos de ciudad; y me angustió la idea. Ellos mismos habían vuelto insoportable la ciudad con sus automóviles, y ahora les daba por huir de ella, utilizando los mismos coches con que la habían destruido... Y estaban llevando también la destrucción al campo, arruinando el paisaje, llenándolo de ruidos y motores.

¿Y el puente? ¿Aquel famoso puente de piedra? En seguida lo vi. Seguía irguiéndose sobre el río, pero la carretera, tras acercarse a cien metros de la construcción, se desviaba violentamente, la abandonaba para atravesar la corriente sobre el tablero plano de un puente nuevo de hormigón, sin gracia ni historia.

Todavía quedaba un tramo de la carretera vieja, casi completamente descarnada de su antigua costra de brea, y por él me metí con cuidado. Aparqué el coche muy cerca del estribo, junto a otros que ya había allá, y recorrí el puente a pie, hasta su parte central.

Se oían gritos penetrantes, risas de niños, músicas estridentes de transistores. Me asomé al pretil: varios grupos familiares acampaban al pie de las viejas piedras, repartiéndose el escaso espacio de sombra. Aunque todavía estábamos en mayo ya hacía calor, y una bandada de niños se daba chapuzones en aquella poza honda, alrededor del único pilar rodeado de agua.

Vista desde la altura la escena recordaba un baño de pájaros en el estanque de un jardín: gorjeos, mantas de agua que salían despedidas por movimientos imprevisibles y gozosos... La mella en el tajamar seguía igual que en mi recuerdo, y tres críos en *slip* hacían cola para tirarse desde el borde. Conocían, pues, el camino secreto para subir por la pared vertical. Otros nadaban, chillando y golpeando el agua.

No quise profundizar más en mi nostalgia y volví al coche. Ya era hora de preparar la máscara de moderada felicidad —ponerme la de felicidad plena me hubiera resultado demasiado trabajoso, dada la larga duración prevista para la representación familiar de ese fin de semana— y dirigirme hacia aquel destino que no había podido evitar: la Mansión de Alpedrejo.

La carretera bordeaba ahora aquella urbanización surgida de la nada hasta que, bruscamente, tomaba un recodo y abandonaba la proximidad del pantano remontando una larga cuesta. No recordaba yo que el pueblo estuviera tan en alto; más bien lo suponía en una llanura. Pero no; la realidad me mostraba una suave y prolongada rampa de tierra cubierta aquí y allá de viñedos. Entre las viejas cepas sobresalían algunas higueras, almendros y olivos. Curioso, que todos aquellos árboles domésticos hubieran desaparecido de mi recuerdo. El campo de Alpedrejo era en la realidad bastante más ameno de lo que mi memoria se obstinaba en reconocer. Los cultivos estaban en su mayoría descuidados, pero eso les prestaba mayor encanto. Rompiendo las tramas cuadriculadas de vides, crecían por doquier matorrales de encinas y cornicabras. Todavía quedaban vestigios de primavera, flores, hierba verde, mientras que en los veranos de mi infancia, a mi llegada al pueblo, la intensa sequía se había adueñado ya del paisaje, haciéndome creer erróneamente que la apariencia desértica era permanente.

Al fin llegué a Alpedrejo: irreconocible. Las casas de abajo, derruidas, convertidas en miserables corralones de adobe que guardaban en su interior los tejados caídos. Y más arriba, frente a la enorme iglesia herreriana, que permanecía aún en pie con su aspecto hosco y poderoso de siempre, la Mansión. Parecía como si a mis recuerdos les hubieran dado un lavado con lejía, les hubieran pasado papel de lija por encima... Ahora el suelo de la plaza estaba cubierto de cemento, que delante de la gran casa se convertía en un magnífico empedrado de cantos rodados. Los sillares de la fachada lucían espléndidos, contrastando entre sí, ya que unos eran rojizos y otros dorados. Yo los recordaba uniformemente grises. El portón, las ventanas, el gran balcón de hierro eran los mismos... pero algo había cambiado en ellos. Eran, sí, más hermosos, pero demasiado reales, demasiado contundentes. Habían perdido esa belleza melancólica y espiritual que presta la decadencia. Porque aquel edificio que se alzaba ante mis ojos asombrados podría ser cualquier cosa, menos decadente.

Un ciprés excéntrico guardaba una de las esquinas de la Mansión. En su mismo centro geométrico, presidía la fachada el enorme escudo de armas. Pero quedé pasmado al comprobar que no era el mismo; era un blasón completamente nuevo, pulcramente tallado, pero con otro dibujo; la gran losa de piedra del antiguo había desaparecido, y ahora campaba en la fachada solemne un escudo de armas con figuritas rotundas, muy bellas, pero espurias. ¿Qué había hecho aquel arquitecto gilipollas con la historia de la familia...? Inventarse una nueva, seguro. Falsificarse una nobleza más en tecnicolor que la auténtica de mis ancestros, demasiado gris y desvaída para sus apetencias.

Estaba cerrando las puertas del coche, con el enojo a flor de piel, cuando se abrió el portón y apareció mi prima. Perfectamente reconocible, diez años y dos hijos después de su boda. Estaba más llenita, pero seguía siendo la muchacha de sonrisa fácil y pómulos sonrosados que yo había deseado en mis veranos de San Sebastián.

— ¡Rosa! ¡estás igual! Tendré que decirte eso tan ñoño de que "los años no pasan por ti".

— Y tú sigues tan recio... Y tan mentiroso. Vaya, creía que tendrías más aspecto de intelectual, ya he leído tu libro de poemas. Pero veo que sigues haciendo deporte, menos mal. ¡Buenos hombros!

Mi prima había enlazado, quizá a propósito, con una conversación abandonada trece años antes. Los recuerdos parecían ahora balas que me fueran disparadas desde todos los ángulos. Aquellas piedras, la torre de la iglesia, las palabras que dedicaba aquella mujer a mis hombros... A duras penas me sobrepuse al impulso de escapar corriendo. ¡Y lo que me esperaba todavía!

Tras los abrazos y besos de rigor me hizo pasar al interior de la casa. El gran zaguán estaba copiado de mis recuerdos, pero ahora era mucho más puro: no había a la vista nada que no tuviera por lo menos un siglo de antigüedad. La reforma había hecho desaparecer algunos de los muebles más preciados de mi tía, que desgraciadamente eran modernos, y un ejército de anticuarios había sembrado los rincones de piezas que jamás antes se habían visto entre aquellas cuatro paredes: ruecas, extraños mecanismos de moler, no sé si grano o herejes, enormes perolos de cobre... Di por sentado que mi prima tendría servicio doméstico: quién se encargaría de limpiar todo aquello, si no.

A mano izquierda el zaguán daba acceso a una cocina de época, propia también de un museo etnográfico. Perfectamente inútil, destinada únicamente a la contemplación por parte del visitante. Pero detrás estaba la cocina de verdad, toda electrodomésticos y formica, sin concesión alguna al pasado. Mi prima me hizo atravesarla rápidamente, como avergonzada, para pasar al gran salón que completaba, junto con un servicio y la caja de las escaleras, el rectángulo de la planta baja. En el techo de aquel amplio espacio, como en los del zaguán y la cocina, habían aparecido unas maravillosas vigas de roble que seguramente nunca habían pertenecido al caserón. El mobiliario del salón era mitad antiguo mitad moderno, pero muy discreto, y el conjunto —sofás, mesitas, bargueños, *puffs*, dípticos, oscuros cuadros de santos, la televisión oculta dentro de una funda de roble viejo, la gran estantería de obra cargada de libros tipo "Obra completa de Balzac" y "Las mil mejores novelas de todos los tiempos", con los cantos grabados en dorado— recordaba a un confortable recibidor de Parador Nacional.

— Nos la decoró Ruiz-Codorníu, el que amuebló el Parador Nacional de... —explicó Rosa, como adivinándome el pensamiento.

"Sí, os colocó los sobrantes del mobiliario, ya lo veo", estuve a punto de responder. Pero sólo lo pensé.

En el piso de arriba estaban los dormitorios. Exceptuando el del matrimonio, gran cama de baldaquino, que venía a ocupar aproximadamente la estancia en la que había muerto mi tía, los demás podían haber pertenecido a un piso de ciudad. Cada hijo de Rosa tenía su habitación, y había cuatro más para huéspedes. Y un montón de cuartos de baño, convenientemente distribuidos.

— Pero estás sola en la casa —observé, extrañado. ¿No ha venido nadie más, ni tus niños?

— Están con Gerardo, en Madrid. Es que, al final, la reunión de familia ha quedado convocada para mañana domingo. No ha venido aún ni la chica. En realidad, he venido yo sola, para preparar un poco todo ésto. A Gerardo le ha salido precisamente esta tarde una reunión de trabajo...

Así que estábamos solos. No acertaba a pensarlo claramente, pero me estaba comenzando a parecer que mi prima me había tendido una trampa. ¿Para qué?

— Vamos a comer algo. Tengo preparado un pícnic en el jardín.

— ¿El jardín?, ¿qué jardín?

— En la parte de atrás de la casa. Ya te acordarás, había una huerta. Casi todos los frutales estaban viejos, podridos. Tuvimos que arrancarlos y poner otros árboles. Los nuevos están aún un poco enclenques. Menos mal que hemos contratado a un hombre del pueblo, que nos hace de jardinero. Gerardo está entusiasmado con él. Dice que trabaja con un interés extraordinario, que vale mucho. Que tiene sentido de la tierra.

— ¡Vaya! Creía que en el pueblo no quedaba nadie. No he visto más que casas derruidas.

— Alguna queda en pie. Pero Fernando ya no vive aquí. Como se ocupa de varios jardines de la urbanización, alquiló un chalecito allá abajo. Por lo menos tiene agua corriente, que en el pueblo no hay. Aquí, en la Mansión, tenemos nuestro propio sistema, pero los abuelitos que quedan en tres o cuatro casas siguen sacándola del pozo a cubos. También se cerró la escuela. Ni hay misas ya en la iglesia. De vez en cuando viene alguien a ver el retablo, y entonces la abren... Supongo que acabarán robándolo.

— ¿El jardinero se llama Fernando? —pregunté, mirando a otro lado, para que Rosa no notase mi turbación.

— Sí. ¡Ah, claro, a lo mejor le conoces! Tiene nuestra edad. Seguro que jugaste con él, cuando pasabas el verano con la tía.

— Si es el que recuerdo, sí. Nos bañábamos en el río, bajo el puente de piedra.

— Qué peligroso. Ahora tenemos una piscina, aquí detrás. Mis niños ya saben nadar, ¿sabes? —se le encendió en los ojos el orgullo de madre, lo que me tranquilizó. Mientras tuviera a sus hijos en la cabeza sería incapaz de darse cuenta de la revolución que había dentro de la mía.

— ¿Cómo es? A ver si es el que recuerdo.

— ¿Cómo es, quién?

— El jardinero.

— Ah, sí. Pues... De estatura media, moreno, muy ancho de hombros, más aún que tú. Forzudo. No sé, muy de pueblo. Aunque tiene estilo. Ojos... marrones, muy oscuros.

— Debe ser el Fernando que conocí. O quizá no. Son más de quince años, todo está cambiado, nada es igual. Por cierto, que ya veo que te has fijado en él —aventuré, tratando de sonreír con picardía.

— Claro. Siempre me han gustado los hombres de espalda ancha —sonrió a su vez, mirándome a los hombros, y luego a los ojos, con más picardía aún.

En el jardín, sobre una mesa y unas sillas de plástico, entonces colmo de la elegancia y de la modernidad, dimos cuenta de una comida ligera: ensalada y embutido, con pan de pueblo, del de antes, que seguramente falsificaban los fines de semana para consumo de la urbanización.

— Te queda por ver el piso alto, la buhardilla —dijo mi prima cuando acabamos con el café del termo y la emprendimos con la botella de whisky—. Y los cuadros de nuestra habitación.

Y me vi conducido, irremediablemente, al pie de la alta cama de baldaquino. Rosa me explicó la autoría de dos grandes lienzos que colgaban de la pared, y luego, dando un suspiro de cansancio, se sentó en el borde del gran lecho.

— He oído decir que tu marido tiene mucho trabajo, que la crisis económica no va con él —dije, por decir algo.

— Y tanto —contestó escuetamente.

Se hizo un silencio. Yo estaba atemorizado por la situación, tenía que decir una frase cualquiera para superar aquel embarazo. Pero no se me ocurría nada. De pronto, Rosa rompió aguas mentales, y comenzó a hablar pausadamente:

— Gerardo me quiere mucho. No puedo quejarme. Vive para mí; cuando está de viaje, por su trabajo, siempre intenta llevarme; pero a mí me gusta cada vez menos la vida de hotel... Me estaré haciendo vieja. Y, luego, los niños. No quiero separarme de ellos. Le acompaño pocas veces. Siempre con sus congresos, las visitas al estudio de Nueva York... Me llama por teléfono todos los días, incluso varias veces en el mismo día... Pero a veces me parece que busca en mí una madre, más que una compañera; me quiere, está pendiente de mí, pero noto que algo se le va más allá, a una esfera a la que yo no llego...

Tras una pausa cambió el tono de voz, para aseverar con una energía que me dejó helado:

— Creo que me está poniendo los cuernos.

— Chica, no sé... —balbucí, sin saber qué decir ante aquella confesión inesperada.

—No me preguntes cómo —siguió Rosa—, no tengo la menor idea. La verdad es que tampoco quiero saberlo. Y es que la culpa la tengo yo; cuando tuve a Javi, mi segundo hijo, me centré demasiado en él; era un niño débil, enfermizo, necesitaba mis cuidados día y noche... Abandoné un poco a Gerardo, lo reconozco. Y quizá fue entonces cuando... No sé; no me apetecía hacer el amor. Y él se resignó. Pero, después, cuando el niño salió adelante y yo me tranquilicé, y volvió a apetecerme, le noté ya frío, como que me encontraba extraña. Quizá se aficionó a hacer el amor con otra, y ya no pudo volver a hacerlo conmigo a gusto. Yo lo comprendo, aunque me siento muy frustrada; sigo queriéndole, y no sólo como compañero, que lo es, y maravilloso; quisiera hacer el amor con él todas las noches, todavía somos jóvenes... Y lo consigo muy pocas veces, y siempre noto que estoy forzándole.

Había comenzado a llorar, muy dulcemente. Sin aspavientos. Pero las últimas frases habían salido con dificultad, entrecortadas, de sus labios.

Me senté a su lado. Intentando consolarla le eché la mano izquierda sobre el hombro, mientras, con torpeza de adolescente, intenta-

ba acariciarle el rostro. Dejó de llorar. Pareció
serenarse bruscamente. Y en voz muy baja,
pero clara y firme, me preguntó:

— ¿Sigues teniendo aquellas espinillas tan
sabrosas en la espalda?

La miré a los ojos. Y entonces comenzó a
desabrocharme los botones de la camisa.

Lo intentamos. Ella, con ansia. Yo, con
disciplina. Pero no pudo ser. Me dí finalmente
por vencido:

— No puedo. En este sitio, no puedo. No
sabes cuántos recuerdos me trae, lo aplastado
que me siento... No puede ser.

Ella se recuperó más rápidamente de lo
que yo había imaginado.

— No te preocupes. Ya suponía yo que no
sería fácil. Ha sido una especie de recaída sen-
timental, ¿sabes? Pero quizá sea mejor así. Sí,
es mejor que no haya pasado nada.

Se había incorporado, había saltado de la
cama, se estaba vistiendo a toda velocidad.

— No quisiera que te sintieras disgustada
por esto. Yo... Soy un poco especial —dije,
tratando de disculparme.

— Ya había oído algún comentario, pero no estaba segura —contestó ella, con ligereza—. Da lo mismo, tonto. Te tengo un enorme aprecio. Siempre te lo he tenido. De esto, de lo de hoy, nada, ni palabra, a nadie, ¿eh?

Sonreía francamente. Fingía, supongo. Pero maravillosamente bien. Parecía fresca y lozana como si nada hubiera pasado. Yo, en cambio, estaba apesadumbrado y sólo tenía fuerzas, como tantas otras veces, para aguantarme las lágrimas.

— No pongas esa cara, hombre. Venga, vamos a ver la buhardilla. Ya verás qué gozada. Qué luz, qué ambiente. Gerardo es un genio, hay que reconocerlo.

Me vestí con desgana y la seguí, escaleras arriba, hasta lo que había sido mi caluroso escondite de tantos veranos. Irreconocible por completo. El buen hacer de Gerardo se había aplicado aquí como en ningún otro sitio; hasta un rencoroso como yo hubo de reconocerlo en su fuero interno. Accedimos a una amplísima estancia diáfana, sembrada de muy escasos muebles simples, perfectos. En un rincón del amplio estudio blanco una pequeña alcoba, blanca también. Los techos, inclinados caprichosamente bajo los tejados renovados, aislaban ahora a la perfección la estancia de las inclemencias exteriores. En aquel ámbito se respiraba una inmensa calma. Me llamó la atención aquella especie de colchón sobre un entarimado.

— Es un futón, una cama japonesa. Lo compró Gerardo en Nueva York. Está poniéndose de moda allá. Qué locura, traerse todo eso en el avión. Y, encima, a mí no me gusta. Es demasiado duro para mi espalda. Pero él dice que es ideal para la siesta. No sé. Yo la duermo abajo, en el dormitorio...

Antes de salir de la estancia eché una última ojeada a aquel lecho. Un sexto sentido me decía que la alcoba era un nido de amor, por aséptico que pudiera parecer en ese momento el decorado. El que se había traído aquel futón desde Nueva York lo había compartido, pocas o muchas veces. Y no con su mujer.

El fin de semana transcurrió como yo había previsto: un inmenso coñazo social, besos y abrazos. La familia de Rosa, la mía. Todavía temprano, la mañana del domingo, apareció Gerardo acompañado de los dos niños y una niñera o criada para todo, que se puso inmediatamente a ultimar los detalles para el acontecimiento a las órdenes de Rosa.

Gerardo se parecía al sujeto vestido de chaqué que recordaba de la boda; era más alto que yo, ancho de hombros —¡cómo no, si tanto gustaba a Rosa!—, rostro amable y ademanes elegantes y medidos, como si se hubiera educado —a lo mejor lo había hecho— en un colegio inglés. No pasaría de treinta y cinco años, pero el cabello había sido, quizá, su peor derrota en la vida. Casi todo el cráneo lucía al aire, irremediablemente. Observé que se lo tomaba con humor en la conversación:

— Pues no he cambiado tanto. Tengo tantas canas como cuando me casé.

Aparecieron mis hermanos, mi padre, triste y silencioso, como siempre, pero aún elegante en su silla de ruedas, y a su lado mi madre toda empingorotada, como de boda, pese a que Rosa había advertido a los invitados de que vinieran en plan informal, ya que sólo se trataba de pasar una jornada en una casa de campo. Los hermanos de Rosa tampoco habían dado con el atuendo perfecto: iban —quizá por costumbre propia de especuladores— ataviados de alto lujo cinegético, como si hubieran confundido la reunión familiar con una cacería real, y ellos fueran —de hecho, aspiraban a serlo— un grupo de sinvergüenzas de los que suelen rodear a Su Majestad en esas circunstancias. De la familia de Gerardo no había venido nadie. Completaban el panorama los chiquillos, media docena entre los de mis hermanos y los de los hermanos de Rosa, además de los dos diablejos de mi prima, espabilados como su madre y grandotes como su padre. Ellos sí se divirtieron, explorando la casa y rompiendo cosas durante unas pocas horas como yo no había sido capaz de hacer en todos los veranos que había pasado en ella.

El día era de Rosa y Gerardo: todo eran plácemes y admiración hacia la generosa obra que habían realizado para proteger el patrimonio familiar. Las dos abuelas —mi madre y la de Rosa— lloraron un poquito al recordar sus tiempos de niñas, cuando ellas también habían vivido largas temporadas en la Mansión, antes de la guerra. Contaban pequeñas anécdotas de entonces, emocionadas. Yo tenía sin embargo la sospecha de que ambas odiaban el lugar, quizá tanto como yo, y hubieran preferido saber a la casa definitivamente arruinada y en escombros.

Pero todos, todos disimulábamos magníficamente nuestros sentimientos. Aquello parecía una gran familia, unida y feliz, y más que lo fue tras el magnífico banquete en el jardín, bajo un entoldado árabe, sobre un césped inglés, con un mobiliario americano, y cuyas viandas trajeron, camareros incluidos, desde vaya usted a saber qué restaurante lejano en una gran furgoneta. Todo eran felicitaciones a Gerardo, sobre todo por aquel seudomuseo del zaguán y la cocina antigua. Probablemente, tanto mis empobrecidos hermanos como los potentados hermanos de Rosa, así como sus mujeres y quién sabe si sus hijos, identificaban lo bello con lo inútil. Toda nuestra sociedad lo hace, así que debían de tener razón. Por mi parte, ensalcé de corazón ante Gerardo el desván, la única parte de la casa que me había encandilado. Y, en un rasgo de crueldad vengativa, me deshice en alabanzas al futón. Pero no conseguí sorprender el menor reflejo de alarma en los ojos del dueño de la casa.

Durante todo el día imaginé, temí y deseé que Fernando, el robusto jardinero, apareciera inopinadamente en mitad de la reunión. Pero no fue así.

Pasadas ya las once de la noche, de nuevo solo, volvía, cargado de café en un intento de contrarrestar el exceso de alcohol, conduciendo despacio por la carreterilla, cuando, al vislumbrar las luces de un bar abierto en la urbanización del pantano, torcí hacia aquel lugar sin pensarlo; quizá estaría Fernando acodado en la barra, o sentado en una mesa, jugando a las cartas o viendo la televisión. Un Fernando de treinta años, pero que estaba seguro de poder reconocer.

Había mucha gente en el bar, el ambiente estaba cargado de humo. Entré, pedí un café. Me sorprendió que todavía quedaran en la urbanización tantos domingueros, cuando deberían haber regresado ya todos a sus casas de la ciudad. Pero la razón de aquella anomalía estaba sobre un estante, colgada de la pared: un partido de fútbol nocturno, de suma importancia. En efecto, parecía que en él se jugaban el pellejo los circunstantes, a juzgar por sus terribles reacciones al contemplar los movimientos del balón. Mientras daba cuenta de mi café examiné uno por uno aquellos treinta rostros hipnotizados por la televisión; ninguno de ellos podía pertenecer a Fernando, por mucho que hubiera sido éste afectado por el paso de los años y la acumulación de estupidez. Pagué y salí de prisa camino del coche, aliviado por no haber encontrado a mi amigo en aquel muestrario de horrores.

Llegué a mi casa a punto de amanecer, hecho añicos. Tardé en conciliar el sueño, por culpa del exceso de café y del mar de recuerdos confusos del fin de semana. Luego debí dormirme, porque recuerdo perfectamente que aquella noche Rosa me quitaba la camisa mientras Fernando me buscaba las espinillas. Y eso, sin duda, fue un sueño, o una pesadilla.

Cuatro

Puede parecer extraño; pero no supe más de Alpedrejo en los años que siguieron. Mi prima Rosa y todo su mundo se hundieron de nuevo en el baúl de los recuerdos, y yo estaba muy interesado en mantener aquel mueble herméticamente cerrado, por mi propia comodidad.

Un buen día encontré en el buzón el aviso de un envío de peso considerable. Extrañado, acudí a la agencia de transportes, y me encontré con una caja de botellas de vino. El remite no estaba claro, pero en la caja de cartón estaba impreso en grandes letras góticas: "Solar de Alpedrejo". También, pude comprobarlo en casa, eran Solar de Alpedrejo las etiquetas de las botellas. No había nota alguna, pero sólo mi prima Rosa podía haberme efectuado aquel envío.

Esa misma noche comprobé que Solar de Alpedrejo era un tintazo fuerte, típico de aquellas tierras. Más cuidado que de costumbre, con un paladar notable, pero que requería acompañar a un asado contundente, o a un plato de caza bien especiado. Era el vino que más apreciaban nuestros abuelos, porque llenaba el estómago, alimentaba, y emborrachaba con eficacia. Duro, para mi gusto. Con todo, que aquel vinazo hubiera surgido de las desagradecidas tierras de mi prima, que habían permanecido descuidadas desde los tiempos de mi tía abuela, no dejaba de ser una hazaña de mérito.

Decidí telefonear a Rosa. Después de los saludos y las noticias de rigor, me confesó:

— No sabía qué excusa utilizar para volver a hablar contigo. Has demostrado tan poco interés en mi persona, todos estos años... No sé qué te habré hecho yo, para que me rehúyas de esta manera...

— No digas eso. Yo también estoy deseando hablar contigo, y verte, pero... Pasa el tiempo, y estamos muy lejos uno del otro...

— ¿Qué te ha parecido el vino?

Tenía la respuesta bien preparada:

—Fuerte, para mi gusto, pero francamente bueno para venir de Alpedrejo. ¿Lo hacéis vosotros mismos?

—Sí. Es una pasión que le ha entrado a Gerardo. Parece mentira, casi abstemio, como era, y ahora está todo el día catando vinos, comparando, buscando revistas especializadas... Ha comprado unas máquinas, que tenemos en el sótano de la casa, digo, en la bodega, y unos depósitos de fermentación, y... Pero tienes razón, es un vino demasiado fuerte. Esta tierra no puede dar otra cosa, estoy convencida.

—Bueno, es que las cepas serán viejísimas. Quizá sustituyéndolas por otras nuevas, de variedades más comerciales... —aventuré.

—¿Cómo lo sabes? No sabía que estabas tan enterado de esas cosas de enología. Lo que dices es justo lo que le recomienda siempre Fernando a mi marido.

—¿Quién? —pregunté, sobresaltado.

—¡Ah, bueno, no sé si te acordarás. Pues el jardinero, ése que había sido amigo tuyo de pequeño.

—Ah, sí, ya recuerdo. Pero no quedó claro si era él o no, ¿eh? No le llegué a ver... ¿Sigue cuidándoos el jardín?

— Sí, y se ha hecho cargo también de las tierras, que estaban abandonadas. Ha contratado a varios peones. Y gracias a él hemos podido cosechar uva de nuevo y sacar esta primera añada. No creas que conseguimos dinero con el vino. Producimos muy poco, sólo para nuestro consumo y poco más. Y lo que guardamos para añejar en barrica. Pero da una satisfacción ver el nombre de nuestro pueblo en la etiqueta... Y con las armas de nuestros ancestros...

"El escudo falso inventado en 1980", pensé, horrorizado ante el desprecio a la verdad histórica de que hacía gala mi prima, conjuntado con aquel fervor de conversa por el viejo solar de la familia.

— Pues este hombre está empeñado en que mi marido cambie las cepas más viejas por unas que tienen un nombre francés, que suena como sabañón, o algo así, que son carísimas. Gerardo no sabe qué hacer, pero es que Fernando es tozudo como una piedra. Y se va a salir con la suya, ya me lo supongo.

Seguimos hablando un rato más. Todo seguía más o menos igual, viento en popa, en su familia. Sus hijos crecían, y tuve que aguantar un largo informe sobre colegios y méritos académicos. Me pareció que Rosa quería invitarme a pasar otro fin de semana en aquel pueblo maldito. Finalmente, no se decidió a ello. Pero tuve que prometerle ir a verla en cuanto pasara por Madrid.

Un mes más tarde, cumplidor, la llamé desde casa de mis padres. Me contestó uno de sus hijos, que, llamándome "tío Arturo" con una familiaridad que me sorprendió, me informó de que sus padres habían marchado a Nueva York y no volverían hasta fin de mes. De vuelta a mi casa, envié a Rosa una carta explicándole que había intentado sin éxito reunirme con ella en Madrid. No me contestó.

Cinco

Pasaron varios años. Murió mi padre, y allá estaba ella, en el funeral. Un poco más delgada, alguna arruguita en las comisuras de los labios. Pero, en conjunto, tuve que decirme que los ricos envejecen muy lentamente. Me dio el pésame en la puerta de la iglesia, y añadió:

— Ya sé que éste no es el momento oportuno, pero quiero anunciarte que el mes que viene tenemos una fiesta en el Señorío. Es la presentación de nuestro Cabernet-Sauvignon. Un vino excelente, mejor que el mejor de los Riojas. Ya verás. Dame tu dirección nueva, que ya sé que te has cambiado. Te voy a enviar una invitación. Y no se te ocurra faltar.

Prometí acudir, con toda la intención de no hacerlo. Y anoté mentalmente la progresión en las pretensiones de mis parientes. Ahora, al parecer, Alpedrejo era un señorío. Pronto alcanzaría la categoría de condado, o marquesado...

A las pocas semanas recibí la tarjeta oficial de invitación de las *Bodegas Señorío de Alpedrejo*, convocándome a un acto solemne: la presentación ante el público y la prensa especializada del nuevo vino *Señorío de Alpedrejo Primum*, elaborado con los procedimientos más cuidadosos e innovadores a partir de una mezcla de Garnacha y Tempranillo tradicionales y el primer fruto de jovencísimas cepas de Cabernet-Sauvignon, etcétera, etcétera. En la parte de atrás venía reproducida una fotografía aérea en color, con la Mansión en primer término y, al fondo del jardín, una construcción que yo desconocía, pero que parecía un edificio bajo de piedra, inmenso, de aspecto mucho más antiguo aún que el viejo caserón restaurado. Tardé un rato en comprender que se trataba de una bodega nueva, que seguramente el marido de mi prima había hecho construir a un coste enorme, imitando un estilo más que tradicional. Así, pues, se había metido de lleno en el negocio, estaba invirtiendo a fondo.

Al desplegar el díptico vi que mi prima había escrito a mano unas palabras en las caras interiores de la cartulina:

No sé si te apetecerá, pero a Gerardo le gustaría que colaboraras en un libro que va a sacar la agrupación de bodegas de la comarca. Ya le he dicho que escribes muy bien, te sigo en los periódicos.

Por cierto, no se te olvide venir. Se me ocurrió hablar de tí a Fernando, y se entusiasmó, no sabes cuánto. Quiere verte para recordar viejos tiempos, me dijo. Así que no faltes. Además, puedes hacer un buen negocio con el libro.

Mi prima me había echado dos anzuelos, por si uno de ellos fallara. Piqué en los dos. Por un lado, necesitaba desesperadamente dinero y, por otro, no podía defraudar a Fernando. Saber que conservaba interés por mí después de tantos años me decidió: quería verle de nuevo, quería estar con él. Quería saber... necesitaba saber si alguna vez tuve algún significado para él, si fui un hito en su vida como él lo había sido en la mía. Y el interés del que me hablaba mi prima parecía contestar afirmativamente a mi pretensión.

(storul if critique if parveur prima
& husband + two Falsification of
tre place + nostalgia woven into
tre back to Fernando ? lot --)

115
+ p'118

El día salió nublado y desapacible. Llovizaba cuando aparqué mi modesto R-5 más allá de la iglesia: la plaza estaba completamente cubierta de coches, más coches y cochazos. La cosa aquélla habría comenzado ya. Llegaba tarde a propósito. Quería tener que aguantar el menor tiempo posible las presentaciones oficiales, la tabarra habitual en actos como éste, de los que ya había tenido que padecer bastantes en los últimos tiempos. La corbata me molestaba en el cuello, me sentía nervioso y fuera de lugar, y la perspectiva de tener un cambio de impresiones con aquel sujeto que recordaba muchachito y tendría ahora cuarenta años me angustiaba, por más que me sintiera ilusionado por el interés que había mostrado en verme.

El salón estaba repleto de gente desconocida y muy trajeada, que aplaudía ahora a las palabras que acababa de pronunciar frente a un micro Gerardo, subido a un podio, en el extremo opuesto a la puerta del zaguán, junto a la que yo me hallaba. El cráneo de mi primo político brillaba, totalmente desnudo, posando obscenamente para un cámara de televisión cuyo ayudante iluminaba la escena con un molesto foco. De pronto apareció mi prima junto a mí:

— ¡Arturito! ¡Pensaba que ya no ibas a venir! —me dijo en voz baja, sonriendo.

Estaba elegantísima, hecha una duquesa, adelantándose al previsible ascenso en el escalafón nobiliario de su ya señorío.

En ese momento un hombre bien trajeado, de cabeza redonda y anchos hombros, pelo abundante algo canoso, sucedió a mi primo ante el micrófono. Se hizo el silencio de nuevo, y con voz solemne comenzó a recitar un pequeño discurso tópico. Al principio no me molesté en escucharle, y hasta intenté contestar a las palabras de mi prima; pero ésta me impuso silencio llevándose el dedo índice a la boca.

Centré mi atención en el orador; y poco a poco me fui dando cuenta de quién era. El rostro ancho, redondeado, los ojos grandes y oscuros... Ostentaba un gran bigotón *Káiser* negro, pero no le valió el disfraz: reconocí a Fernando. Sentí un nudo en el estómago y desvié la mirada, que crucé por un momento con la de mi prima. ¿Tenía ésta la expresión triunfante? ¿o me traiciona el recuerdo?

Traté de hacer caso a las palabras que medio leía Fernando con voz reposada y una dicción nada aldeana. Por ellas comencé a darme

(int. twist to possibilities anisin from u. on p. 115)

cuenta de algo que no esperaba: al parecer, aquella gran bodega, que había costado un pico de millones y una montaña de esfuerzos, no era exactamente de mis parientes; parecía pertenecerle a él en un cincuenta por ciento. Y, evidentemente, él era el gerente, él era el técnico, él era el verdadero amo. Gerardo y su mujer ponían el nombre, el título (falso), una buena dosis de empeño y gran parte del dinero, si no todo. Pero muy pronto tuve claro que quien hacía y deshacía en la bodega era Fernando. ¡Vaya carrerón que había hecho el pequeño campesino tímido que había conocido un cuarto de siglo antes, en la camioneta del panadero!

Terminó el acto. Los invitados fueron desfilando, haciendo carreritas bajo la lluvia a través del jardín hacia la entrada de la imponente bodega, en cuyo interior se había dispuesto el bufé. El gran salón se iba vaciando poco a poco. En un momento dado, mi prima me hizo desde lejos una señal: su marido y Fernando habían quedado por fin aislados en un rincón de la inmensa estancia, en una conversación que parecía mantenerles muy entretenidos, desinteresados de todos los demás. Entendí la señal de Rosa como una invitación a presentarme a Fernando. Tragándome el nerviosismo avancé hacia los dos hombres, esbozando una sonrisa de compromiso.

No podré olvidar nunca la expresión del rostro de Gerardo cuando me vio aparecer inopinadamente a dos metros de distancia. Sorpresa y terror. Consciente desde el primer segundo de que algo iba mal, no cejé en mi sonrisa, aunque imagino que se me había acartonado algo. Fernando, al ver la expresión de Gerardo, abrió mucho los ojos, alerta. Pero no se podían vislumbrar más sentimientos, detrás de aquel gran bigote que los disimulaba eficazmente, fueran los que fueren.

— ¡Pero hombre, Arturo! ¡qué sorpresa! ¡no te esperábamos por aquí! ¡Bienvenido!

La última palabra que pronunció Gerardo equivalía evidentemente a un "¡muérete ahora mismo!"

— Hombre, el correo aún funciona, y recibí la invitación... —me defendí como pude.

Antes de que su marido respondiera a mis palabras, Rosa, que acudía, atravesando sin prisa el salón ya casi vacío, al rincón donde nos hallábamos, dijo en voz alta, para hacerse oír desde una distancia de varios pasos:

— Se me olvidó decirte, Gerardo, que me tomé la libertad de invitar a Arturo. Claro, como nos hemos visto tan poco en los últimos tiempos, tú y yo, no he podido advertírtelo... Ay, Arturo, me tendrás que perdonar, pero me inventé el contenido de aquella nota, para estar segura de que vendrías...

Todo en un tono y con una sonrisa propios de la mejor Bette Davis. Comprendí que estaba encerrado entre aquellos personajes, que mi prima me había metido en una trampa bien urdida. Tracé inmediatamente mi plan de defensa: yo no sabía nada de nada. No diría ni una palabra que pudiera comprometerme. Los problemas que hubiera entre Rosa y su marido no tenían por qué afectarme. Y si mi prima quería utilizarme de ariete contra Gerardo, me resistiría y escaparía de allí a toda velocidad.

A todo esto, Fernando seguía mirándome con los ojos muy abiertos. Eran los de aquel Fernando casi niño que conocí, sin duda; marrón oscuro, siempre asombrados; pero por ellos habían pasado muchos años, se adivinaban muchas turbiedades...

Rosa se había incorporado, por fin, al grupo. Los tres hombres, estaba claro, habíamos

tomado la determinación de no decir palabra
hasta que conociéramos mejor el terreno que
pisábamos. Y en seguida nos iba a informar de
ello mi prima:

— Fernando, estoy segura de que le habrás
reconocido inmediatamente. Es mi primo Arturo, tu compañero de juegos de cuando teníais
quince años. Me ha contado que os bañabais
juntos debajo del puente de piedra, que teníais
una amistad muy íntima.

Fernando reaccionó tarde y mal:

— No, no... Bueno, sí, bueno, fueron unos
pocos días...

Si en vez de negar a Jesucristo tres veces,
San Pedro hubiera negado, luego reconocido
y luego vuelto a negar a medias a su Maestro,
los romanos le hubieran trincado sin vacilar.
Mi prima acababa de trincar a Fernando.

— Estaba segura de que ibais a tener muchas cosas que deciros el uno al otro. De esas
que las mujeres no comprendemos muy bien.
Ya era hora de que os volviérais a ver, ¿verdad?

Casi seguro, yo conservaba todavía la sonrisa de piedra, que me debía de dar el aspecto
de una gárgola. Los otros dos hombres, ni éso.
Y Bette Davis/Rosa seguía bombardeando:

— ¡Ah, lo del libro de las bodegas! Me gustaría que lo hablarais. Arturo escribe de maravilla, y yo creo que entiende de vinos. Sí que entiende. Seguro. Entiende, entiende. Tanto como vosotros, o más. Podría encargarse del tema. Os ayudaría con ello, y vosotros le ayudaríais a él, económicamente, ¿no? Al fin y al cabo formáis todos como una pequeña mafia... Es broma, claro... Pero seguro que tenéis secretillos comunes... Las mujeres somos tan torpes para estas cosas... Nunca nos enteramos de nada hasta el final. Yo misma... Hace falta ser tonta...

Gerardo rompió a hablar decididamente, impidiendo a Bette Davis seguir con sus maldades. En tono neutro me recitó con rapidez, sin dejar entre sus palabras un solo resquicio por donde pudiera colarse la voz de su mujer, un discursito que ya tenía bien aprendido: la agrupación de bodegueros de la comarca, que presidía, había elaborado un programa para la promoción de la denominación de origen, dotado de una ayuda oficial muy considerable, "de siete ceros", dijo. Dentro de él ocupaba un lugar destacado la confección de un libro a todo lujo donde se tratarían de un modo, naturalmente, triunfal, temas históricos de la comarca, relacionándolos con la elaboración de vino tradicional y la gran renovación que estaba teniendo lugar en los últimos años. Habría de contener desde análisis del suelo, razonados desde un punto de vista edafológico, para explicar sus peculiares efectos en el producto de las vides en él enraizadas, hasta semblanzas de los grandes capitanes de la potente industria bodeguera en ciernes. Y, sí, si yo estaba interesado podríamos hablar del tema; sabía que yo estaba familiarizado con la industria editorial, y siempre podríamos llegar a un acuerdo. Y el dinero quedaría en la familia, claro.

— En esta gran familia tan unida que formamos todos —coló por fin su maldad Bette Davis, abarcándonos, con un gesto de la mano, a los cuatro.

Me tocaba a mí el turno de palabra. Me sentí a punto de derrumbe. Sólo fui capaz de decir, empleando para ello mis últimas fuerzas:

— Es un tema muy interesante. Habrá que pensarlo. Ya nos llamaremos por teléfono, entonces. Y ahora, ya lo siento, pero tengo que despedirme. He venido a toda prisa, por no faltar al acto; pero ahora tengo que escaparme a toda prisa otra vez. Encantado de haberte vuelto a ver, después de tantos años, Fernando; hay que ver, qué vueltas da la vida. Y, Gerardo, tenemos que hablar del libro. Puede salir de ahí un negocio interesante. Y un libro estupendo, ya verás.

Inesperadamente, todos quedaron callados. Nadie contestaba a mis palabras. Y yo sentí en mi interior una postrera ráfaga de energía, que aproveché para sonreír lo más torvamente que fui capaz, encarándome con mi prima:

— Y tú, Rosa, no te lo he podido decir antes, pero estás hecha una marquesa. Tienes una elegancia peculiar; me estás recordando tanto, tanto, a la mejor Bette Davis... Tenía que decírtelo. Estás estupenda, insisto. Como una actriz de Hollywood en su mejor papel. Ahora, adiós a todos, me voy corriendo.

Di un par de besos a mi prima, estreché la mano a los dos hombres —Fernando seguía teniendo unas manazas anchas y calientes de campesino, pese a sus millones—, me di media vuelta y salí casi corriendo de aquella casa maldita. Diez minutos después pasaba a toda velocidad junto al viejo puente. El río venía crecido, y deseé con toda mi alma que derribara de una vez el tajamar, la pilastra entera, y hundiera para siempre aquellas viejas piedras bajo las aguas, junto con todos mis recuerdos.

Tardé una semana en llegar a casa. Azuzado por tantos recuerdos inútiles y tanta desesperación como me rezumaba por todos los poros del alma —se había instalado en ella el profundo sentimiento de haber equivocado veinticinco años de mi vida—, seguí muchos kilómetros carretera adelante hasta llegar a la costa asturiana; allí me refugié en casa de un amigo que me había invitado recientemente a ir a verle. Debí de darle la tabarra de forma soberana, pero me aguantó porque me quería. Acabamos un ensayito melancólico que habíamos comenzado a escribir al alimón el verano anterior, y yo me fui serenando poco a poco.

Cuando a los días regresé a mi casa tenía multitud de llamadas en el contestador. Una de ellas de Rosa:

Arturito, de verdad que lo siento. Te metí en un lío horrible, de una manera insensata. Estaba completamente enloquecida, y se me ocurrió que tú tenías mucho que ver en todo el embrollo. Ahora comprendo que eras inocente en toda esta historia.

Quiero pedirte perdón. Llámame, por favor. No me dejes así, con este cargo de conciencia. Ah, ya estoy en abogados. Va a ser un proceso de separación amistosa, no hay por qué hacer sangre ni estropear la buena fama de la familia. Los hijos no tienen la culpa de nada. Y su herencia debe quedar limpia. ¡Llámame, por favor, llámame, estoy muy sola!

La buena fama de la familia, una herencia limpia... Rosa iba a acabar enloqueciendo, en su búsqueda de prosapia. Y se separaba, por lo visto, de Gerardo. Bueno, pues que comieran perdices.

Otra llamada, ésta de Gerardo:

Con respecto a lo que hablamos anteayer, lo del libro, queda pendiente. Entre nosotros, me he enterado de que estás pasando un mal momento económico. Con este libro puedes ganar mucho más dinero del que crees, porque además podrías intermediar con la imprenta, los fotógrafos... En fin, sacarte un pico para tí, ya sabes cómo funcionan estas cosas. Estamos en un momento en que cobran comisión desde los ministros hasta los conserjes. No te lo pierdas, o te arrepentirás. Se avecinan tiempos peores, y será bueno afrontar con los bolsillos llenos la crisis económica que viene; cuando se acaben esas chorradas del Noventa y Dos no va a ser tan fácil dar un pelotazo.

Finalmente, un mensaje de Fernando:

Aún no sé si llamarte de tú o de usted. Bueno, te llamaré de tú. Me ha costado mucho dar con tu número. Ahora no puedo decirte nada, pero me gustaría hablar contigo. Las cosas no son siempre lo que parecen. Por favor, llámame a este teléfono, de siete a diez de la tarde. Si no estoy, no dejes mensaje e inténtalo otra vez.

Y seguía un número, quién sabe si de la casa de Fernando, de su oficina, de su picadero...

"Maldito"—pensé—, "¿me vas a tratar ahora como si fuera un ligue clandestino, una queridonga a la que ocultar?"

Y volví a sentir, intenso, el rencor por aquella humillación sufrida junto al pilón del pueblo, aquel dolor por el rechazo de Fernando que llevaba más de un cuarto de siglo agazapado en el fondo de mi alma.

No hice caso de ninguno de los tres mensajes. Proseguí mi vida, advirtiendo a mis amigos de que durante una temporada tendrían que mantener sus llamadas hasta identificarse ante el contestador automático; no podría atenderles antes. Había unos pelmazos que me perseguían implacablemente...

Y no mentía del todo: durante una temporada tres fantasmas me persiguieron con saña, asaltándome en los momentos en que bajaba la guardia de mi imaginación y también en pesadillas reiteradas. Un día decidí que el mejor modo de librarme de su presencia en mi mente sería burlarme de ellos, escribiendo algún relato en que aparecieran mezclados en alguna situación ridícula. Sí; desarrollaría alguna historia absurda, envolvería en su trama a aquellos tres ectoplasmas que me perseguían —Rosa, Gerardo y... el "nuevo rico", no quería ni recordar su nombre—, los machacaría bien y los dejaría allí, prisioneros en la red tejida por mi imaginación. Una nueva estrategia de la araña, que muchos escritores habían utilizado antes que yo. Goethe "suicidó" al pobre Werther, y así consiguió sortear él mismo a la muerte y llegar a viejo... Intenté concienzudamente cazar a mis espectros, pero el único que se dejó atrapar fue el más torpe, Gerardo. Con él construí una historia seca y fría, imaginándole un encuentro sexual insólito en plena "mili", cuando ya era novio de mi prima. Unos cuernos extra, éstos imaginarios, para Rosa. De mi parte.

Nunca intenté, por supuesto, publicar el relato, que quedó varios años enterrado en un cajón. Fue un pobre consuelo. Releído mucho después, no vi en el cuentecito la imagen de Gerardo ridiculizada, sino la expresión de mi propia bilis. Me contemplé a mí mismo, como en un espejo. Y me vi muy feo.

Pero pasó el tiempo; al cabo los recuerdos casi se borraron, y mis pesadillas se vieron pobladas por monstruos muy distintos, que fueron sustituyendo a los anteriores.

Un buen día apareció en el escaparate de la tienda de vinos de mi barrio una colección de botellas de *Señorío de Alpedrejo*. Me pareció una provocación, dirigida expresamente contra mí. Cada vez que pasaba por delante del establecimiento desviaba la vista hacia otro lado. Y lo hacía dos, cuatro, seis veces al día... Llegó a ser una obsesión. A veces cruzaba a la acera de enfrente, o daba un rodeo notable para no tener que pasar por aquel lugar. Un buen amigo se percató de ello; conocía parte de la historia que me unía a aquel lugar aborrecido. Un domingo se presentó a la comida a la que le había invitado con un par de las odiadas botellas:

— Vamos a comenzar una terapia rápida de condicionamiento —dijo, profesoralmente—. Como profesional de la psicología, no puedo consentir en ti esas manías. Parece mentira que andes así, con esos caprichos infantiles, con los años que tienes... y lo que se te notan.

Tuvo que descorcharlas él mismo, yo me negaba. Pero después de probarlo reconocí, por fin, que el vino era casi perfecto. Hasta me arrepentí de haber preparado a mi amigo una comida tan sencilla, tan por debajo de la bebida que me había traído para acompañarla. Entrechocamos, eufóricos, los dos últimos vasos mientras inventábamos lemas publicitarios:

— "Señorío de Alpedrejo, si quieres llegar a viejo" —comenzó mi amigo.

— "De Alpedrejo el Señorío, y de mi prima el tronío. El Señorío es un cuento, pero el vino un monumento" —seguí yo, apuntándome dos ripios de una sentada.

— "Alpedrejo beberás, y lo malo olvidarás" —aconsejó él sabiamente.

— "Aprovechemos el vino, el resto vale un comino. De Alpedrejo, la bebida. Lo demás, mierda jodida" —acabé la serie, pensando que un buen taco era un final digno para aquellas filosóficas consideraciones.

A partir de aquel día los fantasmas desaparecieron definitivamente. Y, cada vez que tenía que presentarme a una comida con los amigos, llevaba provocadoramente vino *del de mi prima*. Era de los mejores, gustaba a todo el mundo, me hacía quedar bien... hasta me llegué a sentir orgulloso de aquella bodega *de mi familia*.

Seis

Pasaron los años. Con ellos se acumularon enfermedades, colesterol, canas, arrugas, kilos, dioptrías. Murió mi tía, la madre de Rosa. Y tuve que volver a Madrid, al funeral. En esta ocasión no pude excusarme como lo había hecho en otras anteriores: mi madre había quedado muy débil por el golpe de la muerte de su hermana, y no fui capaz de negarme a su petición de compañía.

Allá estaba Rosa, a la salida de la iglesia, besuqueándose con los parientes y amigos que avanzábamos en fila para representar nuestro mínimo papel en la comedia. Rosa se había convertido en una mujer madura, de medio siglo de edad, pero aunque su figura seguía siendo firme sus movimientos parecían descoordinados, como si hubiera bebido. De negro riguroso, no paró de llorar y moquear en todo el rato. Temí que me hiciera una tragedia al abrazarla, pero pareció no darse cuenta siquiera de quién era yo. Comprendí entonces que estaba fuertemente sedada, y me alegré por ello. La escoltaban sus dos hijos, ya de veintimuchos años, unos muchachotes enormes y bien parecidos que daban la impresión de vigilar atentamente la conducta de su madre. Sentí al verlos la discreta punzada que a veces experimento en el alma cuando recuerdo que no tengo hijos. A Rosa, por lo menos, le habían salido bien. Me alegré por ella. Como era de esperar, Gerardo no estaba. Había desaparecido hasta de las conversaciones y chismes de la familia. Ni siquiera mi madre lo mencionaba, jamás.

En cuanto me fue posible tomé del brazo a mi madre, que lloriqueaba débilmente, y nos metimos en un taxi rumbo a casa. A cuantos parientes se nos fueron poniendo por delante, cortándonos la retirada, les fui diciendo que mamá estaba muy afectada y no podía quedarse hablando con nadie, que lo sentía, que otro día...

Era todavía temprano, quizá las nueve de la noche, cuando conseguí acostarla en su cama, después de hacerle tomar un *valium*. Yo me senté, bastante roto física y mentalmente, en el sillón de orejas que había sido de mi padre, frente al telediario.

Al poco rato sonó el timbre de la puerta. Extrañado, pensé que sería alguna vecina o amiga de mi madre, dispuesta a cuidarla un rato y a entretenerla con su conversación. Me levanté, acudí a abrir y quedé de piedra al ver en el umbral la cabeza redonda y los anchos hombros de Fernando. Tenía el cabello completamente cano, pero muy abundante. Se había recortado parte del bigote, que ahora tenía un aspecto menos poderoso y era tan blanco como el cabello. Vestía un traje elegante.

— Hola, Arturo. Te he visto en la iglesia, en el funeral. Tú no me has podido ver a mí, estaba en las últimas filas.

— No, no te he visto —asentí, sin salir de mi asombro todavía—. Bueno, pasa, no te quedes ahí. Mi madre está ya acostada. No te esperaba.

Los dos con cara lúgubre, y hablando con una familiaridad artificial, como no queriendo reconocer que nuestra última conversación íntima había tenido lugar treinta y cinco años antes.

— Verás, es que... La última vez que nos vimos, en la presentación del vino, fue muy desagradable... Pero yo creo que tenemos cosas que contarnos el uno al otro —comenzó, titubeando.

— Probablemente, tú tienes más cosas que contar que yo —respondí, sin poder dominar completamente mi desasosiego—. Has debido tener una vida intensa, desde...

— Desde que te dije que no quería verte más. Lo recuerdo como si hubiera sido ayer. Pero, ¿sabes? No era yo el que te lo decía. Hablaba por mi boca aquel maldito cura, el amigo de tu tía.

— Ya, ya lo supongo. Te confesaste con él y te obligó... ¡Pero qué hacemos en el recibidor! Pasa, vamos al cuarto de estar. No te extrañe lo lúgubre de la casa. Está igual desde que murió mi padre, que era notario en la época de Franco, y tenía unos gustos un poco góticos. Sólo vive aquí mi madre, y una chica cubana que la viene a ayudar por las mañanas.

Le hice sentarse en el sillón de mi padre. Apagué la televisión y serví un poco de coñac en dos copitas:

— Es lo único que hay. Mi madre no hace mucho gasto...

Se bebió su parte de un trago. Y luego siguió:

— ¿Sabes? El cura aquél estaba celoso.

— ¿Celoso? No te comprendo.

— Hacía tiempo que se lo montaba conmigo. Me la chupaba cada vez que podía...

Me atraganté con el coñac que estaba paladeando. Fernando siguió, con aparente naturalidad, mientras yo tosía:

— Me tenía como hipnotizado. Era su esclavo. Hacía todo lo que él me pedía, y te aseguro que... Y no, no fui yo el que se lo dije. Fue aquel que... cómo se llamaba... Uno que tenía cara de mono, ¿no te acuerdas? Nos pilló *in fraganti*, allá, donde el puente, y se fue con el cuento al cura...

— Pero parecía majo, no se escandalizó, ni nada. Me acuerdo muy bien.

— Es que yo le había sustituido. Antes que a mí, el cura se lo hacía a él...

— ¡Coño!, ¡qué historia! ¡Vaya culebrón! —exclamé, estupefacto, sin recobrar aún la respiración—. Una pieza de cuidado, el buen párroco...

— Pero no le duró el chollo. Un mes después le di un cantazo que por poco le mato. Fue al hospital. Y yo me tuve que ir del pue-

139

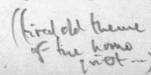

blo, claro. Me escapé a Madrid. El hijoputa siguió allí varios años, como si tal cosa. Hasta que se fue a misiones. A follar negritos. Yo creo que porque se fue la gente del pueblo y dejó de haber chicos. Sólo entonces pude volver a Alpedrejo.

— ¡Estuviste en Madrid! ¡Y no viniste a verme, siquiera...! —exclamé, en cuanto recobré el habla.

— Madrid es muy grande, y yo no sabía nada de nada. Tú eras entonces alguien muy distinto de mí, hablabas otro idioma, eras como un ángel que había bajado de las alturas y se había vuelto a ir otra vez, dejándome solo en medio de aquella mierda. Tenía la esperanza de volverte a ver, pero cuando llegué a la estación y vi a mi alrededor aquella ciudad enorme, llena de gente desconocida, comprendí que sería imposible, que habías desaparecido para siempre.

— Tú sí que habías sido un ángel para mí. Pensé que ibas a cambiar toda mi vida, pero de pronto te vi convertido en una especie de demonio, fuiste una marioneta de aquel maldito cura, y yo también... ¡Cómo nos engañó a los dos!

Estábamos terriblemente apesadumbrados, como doliéndonos de los treinta y cinco años que habíamos pasado sin hablarnos el uno al otro. Como si hubiéramos perdido aquellos treinta y cinco años. Porque, en unos minutos, la revelación que acababa de hacerme Fernando había restablecido entre nosotros una complicidad que no debería haber cesado nunca.

— Si yo te contara todo lo que pasé... —comenzó, después de una larga pausa—. Quizá podrías escribir con mis experiencias una novela de las tuyas, las he leído todas.

La última de sus frases me levantó el ánimo. ¡Fernando había leído mis libros! Sólo por eso merecía la pena haberlos escrito. Me comenzó a invadir un sentimiento mezcla de ternura y orgullo.

— No, no creo que pudiera escribir tus aventuras —negué con la cabeza—. Sólo puedo inventar historias. Si fuera capaz de poner en el papel las que han ocurrido de verdad, comenzaría por las mías... Por ejemplo —acabé por ceder al sentimiento tierno y un poco cursi que me crecía en el fondo del alma—; empezaría por describir lo que vi aquella vez que perdiste el bañador, bajo el puente de piedra de Alpedrejo.

Fernando sonrió, cómplice, y su sonrisa me hizo sentirme feliz por un segundo.

— Pero no, no soy capaz. Prefiero inventar. Es más comercial, además. Y más prudente. ¡Cuántas pollas he tenido que convertir en coños, para poder vender mis historias! Al final, uno lo hace automáticamente. Chico quiere a chica... Eso es lo que ha vendido desde los tiempos de los libros de caballerías. La gente no quiere saber nada con la realidad. Por experiencia te lo digo. La verdad le irrita. Sólo quiere conocer cosas falsas y, a ser posible, creer en ellas. ¡Oh, sí, hay que darle continuamente mentiras cómodas en las que pueda creer! Y el que paga, manda.

— No sé —sus ojos asombrados ahora me suplicaban—. Te encuentro dolorido con el mundo. Debe de ser la edad. De todos modos me gustaría contarte mi vida. Aunque no quieras escribirla. Pero necesito que alguien conozca todo lo que he pasado. No puedo soportar tener tantos recuerdos para mí solo, sin poder compartirlos con nadie.

Le miré a los ojos:

— ¿Para tí sólo? ¿y Gerardo?

— ¿Gerardo? —replicó con extrañeza—. Pero, ¿no sabes...?

— Durante años no he querido saber nada de esa maldita familia —le aseguré—. No tengo ni idea de qué ha hecho ninguno de mis primos, ni sus mujeres, ni sus maridos. Vine al funeral de mi tía por compromiso con mi madre, con nadie más.

Fernando suspiró. Se sirvió otra copa. Luego, comenzó a contarme:

—No sabes cómo le sentó de mal a Gerardo la separación de tu prima. La quería de verdad, y se desequilibró mucho cuando ella le dejó. A veces parecía que me echaba a mí la culpa de todo. Se empeñó en que dejara yo también a mi mujer, y me negué. No es que la quisiera más que a él; pero no podía abandonarla, ni dejar a mis hijos. Teresa es una mujer sencilla que me ha dedicado su vida entera, me ha aguantado aunque se enteró de todo casi a la vez que tu prima, y yo no puedo más que estarle agradecido...

—Sí, ya, pero estábamos hablando de Gerardo —me impacienté.

—Gerardo se fue a vivir a Nueva York, cabreado con todos y, más que nadie, conmigo. Y dos años después me llamó. Fui a verle allí. Se estaba muriendo. Me hice un análisis, y yo también era seropositivo. Gerardo lo había cogido en alguno de sus viajes anteriores, y me lo había contagiado a mí. Y yo, guardándole fidelidad... Avisé por teléfono a Rosa y a mi mujer. Qué vergüenza, qué miedo pasamos, ellas y yo. Se hicieron varias pruebas: negativo las dos. Claro, les habíamos hecho tan poco caso a las pobres, en los últimos años... Me quedé con Gerardo más de un mes, hasta que murió. Y ahora me toca a mí... He comenzado a tener los primeros síntomas. Tengo que tomar un atajo de pastillas cada pocas horas... Ya ves: he conseguido todo lo que quería. He comprado hace poco a tu prima todo lo que le quedaba en Alpedrejo: el treinta por ciento de la bodega, las tierras, la casa. Hasta el título de señorío, que es falso. Todo aquello es mío. Lo he levantado yo. Ha sido con mi esfuerzo, te aseguro. Aproveché la amistad de Gerardo, su dinero. Pero lo hice yo. Todo. Y prospera. Y ahora... Me voy a morir, Arturo. Me voy a morir.

Aquel hombre maduro, aquel hombre importante, comenzó a sollozar. Me senté junto a él sobre el brazo del sillón, le eché la mano al hombro, como si nos uniera una camaradería de treinta y cinco años. Quise decirle que los fármacos eran cada vez más eficaces contra el SIDA, que cuidándose podría vivir muchos años más. Pero sólo le dije la primera tontería que me salió del alma:

— ¿Sabes, Fernando? Una vez soñé que me quitabas espinillas de la espalda... Y amanecí con el pijama manchado, claro.

Siete

Sobrevivió varios años. Tuvo tiempo de contarme todo cuanto quiso. Verdaderamente, había tenido una vida dura y aventurera, hasta que volvió al pueblo y se estableció. A partir de ahí, todo había sido intuición, trabajo y éxito. Le envidio infinito, porque cuando pudo fue capaz de vender sexo. Le envidio también porque consiguió enamorarse de por vida. A mí me quiso un poco, sí, pero Gerardo fue su único amor, y fue un amor grande, muy grande. Le envidio, aunque en menor grado, porque supo hacer dinero. Algún día podré escribir algo de lo que me contó, y proporcionarle ese mínimo de eternidad que da la letra impresa cuando, lector, tu alma asimila su contenido y lo hace parte de tu propia existencia.

Cuando murió, yo ya me había hecho gran amigo de su mujer, que me ha tenido después siempre a su lado. Le incineramos en la Almudena. Recuerdo la tapia trasera del cementerio cubierta por una vid americana roja, muy roja. Era, pues, otoño.

A los pocos meses comenzaron a aparecer en los periódicos buenas noticias: fármacos retrovirales, recuperaciones milagrosas, esperanza de vida de veinte, treinta años para los enfermos. Demasiado tarde. Las cenizas de Fernando se habrán encontrado ya, en mitad del Atlántico, con las de Gerardo.

Yo sigo en la carrera de la vida, incombustible por ahora.

Ocho

Dentro de unos meses se acaba el milenio, por fin. Estoy cansado como si lo hubiera vivido desde el principio, desde aquel día en que los oscuros medievales contemplaron el nuevo amanecer con la sorpresa de seguir todavía vivos en el mundo acostumbrado, en lugar de precipitarse en el Juicio Final.

Escribo ahora en el ordenador portátil, disfrutando de la soledad en el estudio blanco que Gerardo acondicionó hace veinte años en el desván de la Mansión. Muebles de diseño, minimalismo. Perfección de formas. Frente a mí un hueco de cristal rasga la línea inclinada del tejado, y por él entra una luz cruda que se refleja en el suelo, especialmente bruñido en ese lugar, y luego se dispersa en una pared blanca mate para colmar finalmente la estancia, de forma sutil, de tal modo que la luminosidad más parece un gas tenue que una energía. Gran talento para la luz natural, el de Gerardo.

Por el original mirador diviso una parte considerable de la antigua huerta de los manzanos, ahora cuidado jardín con parterres, césped tierno y árboles exóticos y bellísimos, ya muy crecidos después de veinte años de plantados por Fernando en esta tierra ingrata. Ahí abajo, el agua de la piscina está recién cambiada: limpia, transparente, asume el azul de la pintura del fondo y refleja, centelleando, el sol de mayo. El día está caliente como en mitad del verano, pero el agua debe estar aún fría. Sobre la palanqueta un chico solitario, no muy alto aunque de complexión fuerte, hace movimientos gimnásticos. "Arde en deseos de darse un chapuzón —pienso—, pero teme el contacto helado del líquido." Hace calentamiento dando saltitos, moviendo los brazos arriba y abajo. Lleva puesto uno de esas horribles bermudas, de moda en esta época absurda, desajustado al cuerpo, con tela hasta las rodillas. Unas auténticas faldas de mesa camilla, como definió a la prenda un conocido escritor. Ya decidido, se asoma al extremo del tablón, ¡se santigua! y se tira desmañadamente a la piscina, dando a la vez con el vientre y la cara en la superficie. Se ha tenido que hacer daño.

Me levanto y me acerco al cristal, sintiendo palpitarme las sienes. Fernando. Mi Fernando. Aquel muchacho de quince años, con aquel calzón horroroso en los primeros sesenta, de moda cuarenta años después. Fernando santiguándose antes de tirarse desde la brecha del tajamar, Fernando dándose una tripada al intentar imitar mi estilo de salto. Fernando, tan ridículo y tan tierno, allá, "malnadando" bajo el puente de piedra.

Siento el impulso de correr escaleras abajo, salir al jardín, gritarle desde lejos mientras me voy quitando la ropa:

— Tienes que tirarte con más fuerza, con decisión, los brazos adelante, así, el cuerpo recto...

Y arrojarme desnudo a la piscina, en un salto perfecto.

Pero ni mi salto es ya perfecto ni mi cuerpo envejecido podría resistir mucho el agua helada. Ni me desnudo. Ni bajo las escaleras. Ni doy consejos a Fernando. A este Fernando que, pese a mi alucinación, no es el de mis recuerdos, sino su hijo. ¡El último de sus cinco hijos! A este nuevo Fernando que va a conocer amores y pasiones en su vida, que va a sufrir y gozar, pero en cuyo mundo íntimo yo ni puedo ni debo entrar. Mi tiempo ya pasó.

Vuelvo al ordenador. Pero sigo mirando a través del cristal. ¿Sigue la alucinación? El muchacho ha cruzado a nado la piscina y se aferra ahora con una mano al borde opuesto al trampolín. Y, al ir calmándose la superficie del agua, vislumbro una mancha en el fondo, en la parte más profunda... Es el bañador. La fuerza del golpe se lo ha arrancado de la cintura.

¿Me echo a llorar? No; me pongo a escribir. Los que tenemos costumbre, sabemos que una y otra cosa vienen a ser lo mismo.

Ahora comprendo que por fin puedo llorar lo que pasó. Y veo cómo en la pantalla se dibuja una primera frase, a impulso de mis recuerdos:

— ¿Arturo? ¿eres tú? Soy Rosa, tu prima.

FIN

(Ending self-reflex- cause to a rather unoriginal, though dramatic example?)

(belt! un toues my brittle)

156

Biografía

Pamplona, 1947. Cursó estudios de Empresariales y Sociología. Reside a caballo entre Madrid y su ciudad natal. Es corrector de estilo, traductor y redactor editorial. En 1998 escribió *Café Taurus* y *Yo también lo sé*.

Con esta novela ganó en 1999 el Primer Premio Odisea.